文芸社セレクション

説話の詰合せ

一之瀬　和郎
ICHINOSE Kazuo

文芸社

目次

貧乏神との対話

　朝の出勤途中でのことだった。志茂の自宅マンションを出て北本通りを王子方向に歩きだすと、私を尾行している者のあることに気がついた。区の清掃工場を過ぎて赤羽警察署の前にさしかかるあたりだった。その者は私より十歳ばかり年長の貧しげな風体の爺さんで、ホームレス数歩手前といったしょんぼりした姿だった。実際この寒空にコートもなしによれよれのスーツ姿なのである。私を尾行していると疑ったのは、私がポケットから落とした飴玉を拾おうとして立ち止まった時に七歩ばかり後ろでいっしょに歩みを止め、私が歩きだすのと同時にまた歩きはじめる不審な動作を見せたからである。小袋を破って飴玉を口に入れ、家具屋の前あたりまで急いだりゆっくり歩いたりしてみたが、その不審な爺さんは引き離されるでなく追い越すでなく一定の距離を保って歩いてくる。これはやはり怪しいと思ったところで、宮堀の神谷陸橋下の信号が赤になっていた。王子神谷の駅に向かうのか数人の男女が信号待ちで立っていたが、皆が信号を見つめているのに数歩離れて立つ爺さんだけは空を見たり走り抜ける車に目をやったりしている。見れば見るほど不自然なので、爺さんに歩み寄って声をかけてみた。

「私に何か用ですか?」

爺さんは慌てた表情になったがそっぽを向いて返事をしなかった。

「さっきから私の少し後ろをついてきてるようだから、何か用事があるのかと思いましてね」

私がさらにこう言っても黙っている。この時に信号が緑に変わり、待っていた人々がいっせいに歩きだした。不審そうな目をこちらに向けながら行く者もあったが、何だこいつはの視線は爺さんでなく私に向けられていた。爺さんが返事をしないので、私は急いで歩きだして信号を渡った。そうして逃げるように足早に歩いていると、路傍のコンビニから五歳くらいの男の子がとび出してきて私にぶつかりそうになった。店から慌てて若夫婦が出てきたが夫のほうはスーツケースを転がしており、これから家族旅行に出るところらしかった。にこやかで幸福そうに見えた。私だって一昨年までは妻とよく温泉に出かけたものである。伊豆や那須などの温泉場で一泊二食つきひとり一万円前後のホテルに泊まったものだ。食事はたいていブュッフェ形式で、刺身や天ぷらは調理場から出されたとたんに人がむらがってなくなってしまう。そういうちょっと豪華な収容所じみた大食堂で係員の目を盗んで焼き海苔を数袋ポケットに忍ばせていると、妻も個別容器のバターやジャムをバッグにしまっている。会社の昼食時に使うつもりなのだろう。さらにはハンカチにパンまで包んで部屋に持ち帰るとふたりとも大いに得した気分になるのは、貧乏性が強くしみついてしまっていたからだろうか。しかしそんな旅行にももう出かけられなくなっている。温泉どころか普段の入浴だって湯を半分も入れない浴槽に浸かっているのである。まず腰から下を温めてから次は上半身を湯に浸ける。そうすると両脚が湯から出てしまうのだが、そうやって半身ずつ交互に温まり湯を節約しているのである。入浴に限らず万事この調子で倹約するのは貧乏だからしかたないのだが、老夫婦共稼ぎで勤勉さにおいては世間にひけをとらない。だからこの頃はふと貧乏神というのは本当に存在していて、それが今まさに私にとり憑いているのではないかと思うようにもなっていた。

北本通りを歩きながらそんな思いにかられたせいもあって、私はまだしつこく尾行してくる相手を貧乏神のようにも考えてみた。だから王子消防署前の信号で再び足止めになった時、私は爺さんにこう言ってしまったのだった。

「貧乏神さん。もう私に憑くのはやめてくれませんか」

言ってから我にかえり、自分が妄想にかられて妙なことを口ばしったと恥じた。爺さんは不快そうに、

「私が貧乏神だなんていつ誰が言ったのだね？　私は自分が何者であるか自己紹介し

た憶えはない」

しかし不快なのは私のほうである。

「とにかく、私から離れていてもらいたい」

こう言って信号が変わるのを見て私はいきなり走りだしたのだった。半世紀前の高校時代は陸上部の選手だったのに、歳のせいか思うように膝が上がらずにすぐに息がきれた。それでも五十メートルは走ったろうか。立ち止まって遠ざかったはずの爺さんのほうを振り返ると、いっしょに走っていたらしくまだすぐ後ろについてきているのだった。

「離れろと言ってるんだ」

私はとうとう爺さんの肩を突いた。ところが煙でも押したかのように私の手は相手の肩を通過してしまうのだった。驚いていると爺さんが笑いながら、

「無駄だよ。私はお前に触れることができるらしいが、お前は私に触れることはできない。お前を追って走っている時に確認できたのだが、他の人たちには私の姿が見えないし、ぶつかっても抵抗なくスリ抜けてしまうんだ」

こう言って私の腕をぽんと叩いた。確かに軽く叩かれた感触があった。しかし不思議に恐怖感はない。やはり私が相手にしている爺さんは貧乏神だったのか。

「何の用があるのだ？　私は今から職場に出勤しなければならないのだ」

私がこう言うと爺さんは、

「お前に寄りそっているだけだよ。害意はないから安心しなさい」

こんなふうに会話しているさなかに、通行人が何も無いかのように爺さんの体をすり抜けて歩いていった。爺さんは愉快そうにこう言った。

「この現象について説明してやりたいが私にもまだよく分かっていないんだ。お前以外の人間に私の姿は見えない。私の声も聞こえない。ところが私はこれでも今はまだ普通の人間のつもりなんだよ。これが幽霊ってものだろうか、という気がしないでもないが、私はまだ死んでなんかいない。だから私自身もこれまでの常識を覆されて、お前と同じくらい驚き戸惑っている」

しかし何と言われようと、私には爺さんが貧乏神であるとしか思えなかった。今こうして朝の出勤で王子までの二駅を歩いているのだって定期代がないからなのである。私は筋金入りの貧乏なのだ。よほどのことがなければ電車の切符は買わない。弁当は昨晩のスーパーの特売で買った九十八円の菓子パン一個である。腹がへったら職場の誰かが買い置きしているインスタントコーヒーを飲むばかりである。それでも煙草だけはやめられなくて、近在の自販機で一番安いエコーという銘柄を買って日に五本くらい吸っている。貧乏の度合いが進んだら、そのうち路上に吸殻を探して歩くようになるかもしれない。こういう状況であるから、こんな爺さんのような不思議な存在が目の前に出現すれば貧乏神としか思えないではないか。

「寄りそうだなんて、優しい言葉を使ったって騙されないぞ。とり憑いてるというのが真相だろう」

「それは明確に違う。憑くモノは積極的に人にはたらきかけて影響をおよぼそうとする。私はお前の自立を尊重し、ただ見守っているだけだ」

「だったら姿を消して、私から見えない場所から眺めていればいいだろう」

「私はお前のことなんか、生まれた時から知っているが、こんなふうに接近するのは今だけだ」

爺さんの奇妙な話でますますわけが分からなくなって、私はどうしたら良いか迷ってしまった。

いつも勤務開始の一時間以上前から職場に入るようにしており、その時も時間には余裕があったから、とりあえず私は爺さんを連れて飛鳥山公園に行くことにした。こんな奴に職場までついてこられたらたまらない。他の人に見えず聞こえずとはいうものの、気になって仕事どころではなくなるではないか。

この飛鳥山公園は桜が咲けば花見に名高い場所であるが、つぼみのほころびにはまだ遠く、今はまだ寒々とした淋しい冬の公園だった。江戸時代の花見の折には高台の崖上から皿を投げて興じたそうである。崖下に民家が増えてケガ人が続出したためにそんな遊びはすぐに禁止されたが、それらの民家があったあたりに今はマンションが建ち、一昨年から私の職場になっているのである。

「いつ頃から私を観察しているのだね？」

ベンチに腰かけて私がたずねると爺さんも隣のベンチに座り、事もなげに穏やかにこう答えた。

「お前がこの世に生まれた時からさ」

私はため息をついて、

「何てことだ。生まれた時から貧乏神に見込まれていたのか」

私は絶望感に肩を落とした。私の人生はずっと不運との格闘だったのだ。そうして歳をとって、これまで何十年も懸命に働き続けてようやく受け取る年金が高校生のバイト代程度である。金のつかいみちも決して自分のためばかりではないのだが、毎月の末にはいろいろな支払いがハイエナのごとく襲いかかってくるので、年金だけでは不足だからとマンション管理人の仕事をしているが、必死に働くその給料たるや月に手取りで十万に満たない。しかも勤務内容は掃除ゴミ出しばかりでなく、共用施設のネット予約のためのログインが分からないだとか衛星放送の申し込みはどうするのかとか、居住者は私の苦手な分野でも遠慮なく質問してきて、答えが不十分だと即刻本社に管理会社を変更するぞのクレームである。外の路上で散歩の犬に吠えられただのエントランス前の駐車が目障りだのと、些細なことでいちいち管理室におしかけられる。都会人という人種は何でもクレームのネタにしてしまうのだ。そして管理人という存在は噛ませ犬であり緩衝材であるから、それらをうるさがったらクビなのだ。世間の他のマンションがみな同じとは思わないが、私の勤務先のマンションはなぜだか管理人に八つ当たりする住人が多い。そして不思議なのは何人もいる管理人のなかで、いつも私ばかりがクレーマーに遭遇してしまうことだ。こんなつらい状況は何もかもこの爺さんのせいだったのだろうか。私は爺さんにとびかかって首をしめてやりたい衝動にかられたが、何しろ相手は煙のような存在である。

「よし、それなら貧乏神の苦手を調べてやる。塩を十キロくらい買ってきて撒いたり浴びたりすればいいのかな。神社に行って厄除けするのがいいのかな。冷たい滝にうたれようか、ジェットコースターに一時間乗り続けようか」

私が言うと爺さんは気の毒そうな顔で、

「そんなことをしても無駄だよ。私はすぐにいなくなるし、それにね、何度も言うが私は貧乏神ではない。貧乏を他人のせいにするのはやめなさい」

私は呆然として爺さんを眺めた。貧乏神でないとしたら何者だというのか。たんなる幽霊なのだろうか。黙っているとふと爺さんが言った。

「貧乏は苦痛かね？」

私は爺さんをにらみつけて言った。

「自分が貧しいのは慣れているから我慢できる。だが妻や子や孫が不自由するのは見るに忍びない。人並みの物を持たせ世間並みの暮らしをさせるためには多少の援助をしてやりたいじゃないか。ところが今の私は自分が生きてゆくだけでせいいっぱいなのだ。なさけないじゃないか。じつは先月だって妻の誕生日があって、私は六百円のマーガレットの鉢植えしか買ってやれなかった」

こんなのいらないわ、と言われてベランダの隅に置かれたマーガレットは今もまだしぶとく赤紫に咲き続けている。たまには水をやろうと思いついてコップの水を持っていったら、鉢のなかの土が無事に湿っていたのは妻が世話してくれていたものらしい。

爺さんが静かに言った。

「お前は金銭というものを軽蔑してきた。その軽蔑の気持ちの裏には怖れが隠れているのを自覚しているかね？」

「私が金を怖れているって？」

私は首を横に振って苦笑した。しかし爺さんは、

「今のところ金銭とは人と人とを関係づけるものであり、つまり世間に流れるエネルギーの役割をになっている。人は金銭によって幸福にも不幸にもなるが、本来は金銭

そのものには幸福性も不幸性もない。金銭にまつわる人間性にこそ幸福や不幸の原因が潜んでいるのだ。つまりお前は人間社会そのものを怖れ続けているから、金銭という水脈の本流から遠ざかってしまっているのだ」

私が黙って考えこんでいると、爺さんはまたこうも言った。

「お前は金を欲しがっているくせに、差し出す手がじゃんけんのグウのように固く握りしめられたままなのだ。リキんだ拳の手では何も受け取ることはできないよ。小説のコンクールにしたってお前は落選することを期待しながら応募しているのだ。落選するたびに、ほら、やっぱり自分は認められない、と自分のヒネくれた被害妄想を満足させるために作品を応募している」

急に話題を転じた爺さんのこの言葉は痛烈だった。私は六十歳を過ぎてから一念発起して小説やエッセイを書き始めたのだが、今度こそと自信満々になってどこぞの文学賞や新人賞に応募しても、結果ことごとく落選してがっかりし続けているのである。私は思うのだが、それらの公募の一次選考というのは、宝くじの抽選じみた物理的仕分けがなされているのではあるまいか。何百何千という応募作品の山を、まずは一割程度に減らし、じっくり吟味して良し悪しの判定をするのは、その後の工程なのではあるまいか。

爺さんはさらに辛らつに言葉を続けた。

「世間が自分を認めないなら、自分も世間を認めない。お前はこう考えている。けれどもそれは逆なのだ。最初にお前のほうが世間というものを嫌って拒んでいる。だから世間もお前を認めない。人類への怒りを心に秘めているうちはだめなのだよ。他人から目をそむけているうちは、他人のすばらしい輝きが見えない。口論が巧みなだけのジジイになってはいけないよ。どんな神も歩み寄らず逃げまわる者を抱きしめることはできないのだ」

私は反論したかったが、返す言葉なくうなだれていた。確かに私はひがんでヒネくれた嫌な奴なのである。爺さんがまた言った。

「人は他者に与えるものを受け取るというのがこの世の摂理だ。憎む者は憎まれる。愛する者は愛される。自分のなかに見失っている幼年時代を回復しなさい。現代人は頭を使いすぎていて、心をまったく使わずに生きている。気に病まず安心して奉仕しなさい。そうすれば自然に生活は豊かになる」

うんざりする説教だ、と思って黙っていると爺さんはさらに、

「正直に言おう。私はお前がこの世を去るときの姿だよ。こうなってはじめて知ったのだが、息を引きとるまぎわというのは気になる誰かに会いに行くことができるのだ。望めば自分の過去の一場面にも行ける。それで私は過去のどの自分に会いたいか考えた。望めば自分のどの年代でも選ぶことが可能だったが、一番みじめにショボクレてい

るのを選んだというわけだ。そしてその姿をただ眺めて、道ですれちがう通行人のふりをしたまま別れるつもりだったのだ。こんなふうに会話することになるなんて考えていなかった。ところがお前があまりにも憔悴しているので、何か言わずにいられなくなってしまったのだ。お前は路上に落ちている新聞紙みたいなものだ。何か重要なことが載っているかもしれないが、誰も拾わないゴミなのだ」

　こう言って信憑性をもたせるつもりなのか体を半透明にして見せた。確かに爺さんの後ろの植栽が見えた。私は唖然としたがなおも疑ってこう言った。

「そんなこと急に言われても信じられないな」

「信じられないだと？　ではこうして他の人に見えない私を相手に会話しているお前は、ベンチにひとりで座って空と会話しているのかね？　今までのはみんな狂気のモノローグだったのかね？」

　私は誰かに聞かれてやしまいかと周囲を見回し、深呼吸をひとつやってから訊いた。

「つまりこういうことかね？　十年後のこの私は霊体となって死ぬまぎわに六十七歳の自分に会いに来るのだね」

　爺さんは意地悪そうににやりと笑って言った。

「それはどうかな。人生は常にアミダくじのように変遷する。八十歳の私が過去を振り返るとお前という過去しか見えないが、今のお前にもしも仙眼があれば、未来に何人もさまざまなバリエーションの私が見えることだろう」

爺さんの説明するアミダくじというのが私には不可解だった。

「よく分からないな」

「この私を我が人生のパターン百十七番だとしよう。今のお前も百十七ではあるが、この先で何を考え何を選択しどう行動するかによって人生は創られてゆく。だから八十歳のお前は私の知らないパターン百十五かパターン百二十を生きているかもしれない。なにしろこの私はマンション管理人だった六十七歳の頃、こんなふうに未来の自分に会ったなんて記憶はない。喜びなさい。今ここで変化の種は蒔かれたのだ」

私は頭を抱え込んでしまった。混乱していた。

「何が何だか……つまりこれは、霊というものが確かに在って、死後の世界があるということなのだろうか」

私がこう言うと、少しの間沈黙してから爺さんが答えた。

「そうだ、と言ってやりたいが私はまだ死んでいないから証拠として示すものがない。ただここにこうして来てしまったことで、私自身は確信を得ている。されど手探りの確信を他者に分け与えるのは困難なことだ。たとえ過去の私自身といえども、別の時空間で別の意識として奮闘しているお前に、今の私の信念を押しつけることはできない。ただヒントを与えられるばかりだ」

　私は立ってベンチのまわりを歩いてみた。歩くという行動で今というこの体験が夢なのか現実なのか確かめてみたかった。すると爺さんも立ちあがって目の前の桜の木を指差してこう言った。

「お前と私は同じ人間、つまり同じ一本の木なのだが、この先は別の枝に分かれることもあるということさ」

　私は指差されている桜の木を眺めた。すると爺さんはさらにこう言うのだった。

「さようなら、愛する自分よ。よく考えるがいい。私はお前に奇妙な体験を贈るのだ。それをどう解釈するかはお前の自由だよ」

　私は爺さんの顔をじっと見つめた。何か不思議な方法で変装していたのだろうか、みるみる人相が変化して何年後かの自分に違いない顔に変貌していった。柔和そうだが疲れきってひどく衰えている哀れな顔だった。その爺さん、つまりもうひとりの私が優しいまなざしで言った。

「世界と和解しなさい。怖れることはない。世界を赦しなさい。本当の赦しというものは、相手が謝罪するのを待ってはならないのだ。自分のありったけの決心で、未知の扉を開くことなのだ。そうすれば世界は開かれる。人生が本当の意味で開かれる。なあ、私は今こう思うのだよ。人間は天からいただいた精神と、大地からいただいた肉体とが合わさったものだ。ひとりひとりが奇跡の存在なのだ。だから、日々を楽しく過ごしなさい。人はみな苦行を目的としてこの世に生まれ出るのではない。楽しく生きて学ぶために生まれてくるのだ。どんな峠の登りも下りも、ただ一番の幸いにいたるためのひと足ずつなのだよ」

私たち、つまりふたりの私はまるで兄弟の別れの場であるかのように見つめ合った。もうひとりの自分は死のうとしているのか……私は混乱し困惑して言った。

「行くのかい？……今から死に場へ帰る自分に何を言うべきなのか、まるで分からない」

するともうひとりの自分の顔に花ほころぶように微笑が浮かび出た。

「いいんだ。私はまだ知らない次のステージに……いったい何があるのか、ワクワクしているくらいなんだよ」

こう言ってもうひとりの自分の姿は見えなくなってしまった。ささやく声だけが聞こえた。

「誰の場合でも、体験している世界は自分自身だ。歩く道は自分という風景であり、姿を見せる人々はもうひとりの自分たちだ。唐突な言葉に聞こえるだろうがよく考えなさい。そして愛する心を磨きなさい。心は磨けばピカピカになるし、ほうっておくと錆びる。本当の豊かさは心の輝きだよ」

そして何も聞こえなくなった。最期の息を引きとりに、自分の本来の時間に戻ったのだと思えた。ひと吹きの風が私の顔を撫でた。私は飛鳥山公園の冷たいベンチにひとりとり残されていた。なんと奇妙な体験だろう。自分自身の臨終に立ちあったような変な気分である。他人に話せば気が狂ったとしか思われないに違いない。そしてふと気づいたのだった。あれはやはり貧乏神ではなかった。今のこの私のほうが私の人生に対する貧乏神になっていたのだ。貧しいのは私のサイフでなく私の心だったのだと。

冬の朝の青空が晴れわたっていた。腕時計に目をやると、そろそろ勤務地のマンションに向かわなければならない時刻になっていた。

奇人館さしすせ荘

父は私が小学六年のときに病没した。私はちょうど修学旅行に行く直前だったが、担任教師の配慮で同級生たちには私の家の不幸のことは伏せられ、私は何事もなかったふりをして夏の日光旅行に参加したのだった。もともと私は内向的でひかえめな性格なのだが、この旅行の時だけはヤケクソ気分で大胆になり、宿舎で枕投げのさなかにパンツを脱いで、ちんぷら踊りさえ披露してしまった。もう今から半世紀も前のことであるが、もしやあの踊りのことを言われるのではとの思いがあって、小心者の私は、小学校の同窓会には一度も出席したことがない。

父の他界は二年近く病臥したあげくのことであり、家にはたいして貯えもなかったが、母は家賃収入をねらい、老朽化していた建物を思いきってアパートに建て替えた。もとより狭い敷地であるから大きな建物は無理なので、一階は東側に私たち親子ふたりが住むための六畳ふたつのスペースを確保すると、賃貸用の西側には風呂とトイレと狭いミニキッチンをつけた八畳洋間のワンルームをひとつしか作れなかった。

二階は同様のワンルームが三つである。アパートの名称は当初は平凡で、家主の名字そのままの河合荘としていた。さしすせ荘などというふざけた名前は、後に私が発作的自嘲的に改名してしまったのである。

こんな四軒ぶんの家賃収入などたかが知れているので、ひとり息子の私を養育するため、母は近所の工場にパート作業で通うことになった。私は母に育てられたのである。ただし昭和期の母の苦労話の詳細はここでは割愛しなければならない。平成期の私の奮闘記も別枝の仇花である。私はこの文ではさしすせ荘という小さなアパートの現在の話を書くために、その成立の背景を簡略に記しているにすぎない。

時代は流れて過ぎ、そんな母が六十歳の区切りをむかえて工場の仕事を辞めるとき、私は母に贈物を考えた。一匹の子犬である。四十歳近いひとり息子の私が結婚しないので、母は孫の世話をするという同年輩の女性たちの喜びを経験できずにいる。その埋め合わせになるという自信はなかったが、仕事を辞めて家に引きこもる母にうってつけに思えたのである。小型で丈夫だし育てやすいと犬屋に教えられた雌の柴犬で、母はその名前を一日考えてコロと決めた。以来母はよくコロの世話をし、毎日欠かさず散歩に連れ出していたが、なぜかコロは私のほうによく懐いていた。犬は群れて生きる動物だから、本能的に一番わがままな奴を見抜いてボスと認めるのだろうか。あるいは雌犬だから単純に男女を見分けて男に従おうとするのか。当時の私は忙しい銀行勤めだったから、コロを散歩に連れ出すのは週に一度の日曜の朝ばかりだった。それでもよく私に懐いてくれたのである。

だが後年、母は膝を悪くして歩くのにも難儀するようになった。加齢による膝関節の摩耗が左右アンバランスになり、一部を削ったり何かを充填したりする手術を受けたが、術後のリハビリを痛みの故に怠って膝周辺の筋肉を弱め、ますます歩行が苦手になってしまった。リハビリというのは相当に痛いもののようだが、その苦痛をこらえて辛抱しなければ、患部の機能は回復しないのである。母はおぼつかない不自由な歩行を曖昧に受け入れて過ごしていたが、年齢が七十半ばにあるとき、駅の階段を手すりにしがみついて移動していたら、混雑した通勤時間でもないのに背後から舌打ちされたと言い、以後はめったに外出しなくなってしまった。土俵から片足が出てしまって落胆しているところで、さらにダメ押しの痛撃をくらったのである。そういえば世間は奇妙にせっかちになってきていて、道行く人々がみな慌てふためいているように見受けられる。歩道を歩いていても、間合いを心得ない自転車がかなりの速度で脇から走りかすめてゆく。歩行者が突然に水たまりを避けたりして横に動いたらどうするのだろう。母が嫌な思いをした駅の階段も、下りは歩く者などめったになく、みんな器用にステンステンとリズミカルな転落下りを見せている。誰もが背中に火がついたようにあたふたと急いでいる。でも本当は、みんな忙しいわけではないのだと私などは思う。ただ居たたまれない胸騒ぎのようなものがあって、早く目的地に行ってしまいたいだけなのだ。人は雑踏にひとりきりで立つと、居たたまれなくなって走りだしてしまう。ではいったい何が、人をこれほどまでに落ちつかなくさせるのだろうか。おそらく……と私は考える。人は社会的に過去を知りすぎていて、しかも未来を予測しすぎているのだ。知りすぎた過去は悔恨となって襲いかかってくるし、予測された未来は不安となって襲いかかってくる。やせ細るばかりの現在という時間。だから歩きながら人々は、今の自分という不安定な現実を失う。家もしくは職場という鋳型にたどりつかないと、落ちついた自分の回復はない。そういうからくりなのではあるまいか。

この舌打ちの一件で自信喪失した母は、犬屋の宣伝どおりにおとなしい老犬コロと、家の隅でぼんやりうずくまってばかりになった。コロの散歩は夕方一度、十五分くらいの小公園外周で帰ってきてしまうし、買い物も近くのコンビニで済ませてしまう。だからコロの死とそれに続く私のリストラは、いよいよ母に人生最後の節目を意識させたのだろう。

母の入った高齢者マンションというのは、河合荘から歩いて五分ばかりの近さである。敷地は河合荘と同じくらいしかないが、すらりとした十四階建てのワンルームばかりのマンションで、母の部屋は十二階であり、ベランダに出れば眼下に河合荘の赤い瓦屋根が見えるのだった。

「十三間通りをはさんですぐの距離だから、寂しいとは思わないよ」

　土地の年配者は六号線のことを水戸街道と呼び、さらに年寄りは昔風に十三間通りと言う。

　マンションの母の部屋からアパートまでは私の脚で五分の距離であるが、言葉とは裏腹に、母の心のなかでは遠く離れた思いがあったようである。途中の水戸街道を横断するための歩行者用信号は地元では悪名高い信号で、横断しようとする者は長く待たされ、ようやく横断用の緑が点灯したからと渡りだしても、私の脚でさえ渡りきらぬうちに、警告の点滅を三度ばかり見せて赤に変わってしまうのである。非情な信号はバリアフリーもヘチマもない冷酷な境界線となって年寄りを拒絶するのだ。だから子供連れや年寄りはずっと松戸寄りの京成電鉄の踏み切りまで行き、柴又街道との交差信号で横断することになる。歩行に自信のない母は旧宅のアパートに来なくなり、必要があれば私のほうから母のマンションに行くばかりとなった。

　こうして私は小さなアパートのオーナー兼管理人になり、冗談半分に名称をさしすせ荘に改めたのである。母の年金だけでは賄いつきのマンションの家賃は苦しかろうと、遠慮するのを押しきって河合荘の家賃四半分を母の口座に入れることにしたが、そんな見得をはったせいで私のほうが苦しい。だからさしすせ荘という名称には、私の複雑な諦観と自嘲がこもっているのである。
葛飾区金町という街には、首都圏から移転してきた大学がいくつかあったから、さしすせ荘という手頃なワンルームに学生の入居がないことが私には不思議だった。しかし考えてみると、不動産屋で書かされた書類の備考欄に喫煙可としたのがいけなかったのだ。他に書くこともなかったのでそう書いたのだが、結果して入居者はヒネた爺さんばかりなのである。

二階の西側に住む福島という七十二歳の爺さんは、私がゴミを整理しようとしたある朝、ゴミ捨て場の蛇口を使って顔を洗っているところだった。この福島はアパート住人のなかでは最高齢で十年前からの住人なのだが、その洗顔のようすを見て私は少し驚いてしまった。手の上下動よりも顔のほうが激しく動いていたのである。些細なことではあるが、それなら歯を磨くときも顔を動かすのだろうかなどと考えて、私は福島に見入ってしまった。この男は入居時から無職ひきこもりで、退職金の貯えと年金で細々と静かに暮らしている精神難民である。訪ねて来る客もなく親族だっているのかいないのか、普段は何をしているのか不明なのだが、先月か先々月くらいに携帯電話をスマホに買い替えたらしかった。そして電気代の節約なのだろうか、スマホを愛用するようになってからは、ゴミ捨て場の脇にある作業用コンセントを使って充電していたのである。

「スマホの使いかた、慣れましたか?」

私が声をかけると、やはり顔のほうを動かしてタオル地のハンカチでふきながら、

「電話もメールもやらないのですよ。相手がいないのでね。もっぱらニュース記事を読んでいます。読んでいる途中でどんどん新しい記事が入ってくるから時間つぶしになります」

こう言って、ポケットからスマホを出し、いつものように充電コードを屋外コンセントにつなぐのだった。一度に三円か四円の充電電気代をオーナーの私のほうに押し付けていることになる。なんてケチな奴だ、と思うのだが、近所づきあいもせずひきこもりがちな独居老人であるから、同じ時間に決まった場所に現れてくれるのは、管理人としては好都合なのかもしれなかった。それにしても昨今は、老若男女を問わずスマホ中毒が増えたものだ。赤ん坊がガラガラをにぎって離さないのと同じで、中毒者は一日中スマホを手にしている。スマホに触れていないと不安になるという依存症なのではあるまいか。農耕系の日本人は、それでなくとも群れからはぐれまいとするから、目に見えないネットワークが愚かな神として社会の支配者になりかけている。

充電開始となったスマホを無造作に地面に置くと、福島は私が掃いている地面の吸い殻を見てこう言った。

「時代が変わったね。そのタバコを見てごらん。フィルターに口紅の跡があるよ。近頃は女性も歩きながらタバコを吸うらしい」

今まさにチリトリに掃き入れようとしているタバコの吸い口は、淡いオレンジ色のルージュで染まっていた。

「この色は、もしかしたら女性ではないかもしれない。男だって化粧する時代だから」

私がこう言うと、福島老人は目を丸くして、

「おう、ますます時代が変わった。わけが分からん」

梅干しを口にふくんだような皺くちゃな表情になったが、その顔は皺が多すぎて、怒っているのか笑っているのか判然としないのだった。だが実は私はこの皺くちゃな、怒り顔だか笑顔だか分からない表情が好きなのだ。ケチでズルくて小心そうで、おまけにスケベらしくて良いところのない福島という老人が、この皺くちゃな表情ひとつで、それまでのすべてのマイナス点がチャラになると思えてしまう。重い年月と言ったら安易だが、皺の奥にたたまれている悲哀のようなものが感じられて、こちらの心の底が奇妙にくすぐられ「まあいいや」と、この老人の存在を肯定せずにいられなくなる。高齢者というのは風雪にさらされて垢にさえ艶が生じるのだろうか。同情でも憐憫でもない抗しがたい赦しの雰囲気がその場ににじむのである。

そういえばこの福島は、入居したばかりの頃はこんなことを言っていた。

「故郷の栃木県〇〇地方では、福島一族といえば教育者一族として有名なんですよ。校長や教頭がぞろぞろいます。私も教師になればよかったのに、せちがらい広告会社の会社員になってしまって、だから今はこうしてしょぼくれているのです」

会社員だろうが教師だろうが、それは同じことなのではないか、と私は思ったのだが、むろんその考えは口に出しはしなかった。人は将来を夢見るのと同じくらい、過去に向かってむなしく夢見るものなのだ。それはそれで人間らしく、悲しく美しいのかもしれない。

この福島は自室に小型シュレッダーを持っているらしく、月に一度くらいだがふだんの生活ゴミとは別種の、妙に軽い二十リットル袋をひとつ出すのである。あるとき収集車が来て作業員が次から次へとトラックの取り入れ口にゴミ袋を放り込むのを眺めていたら、ヒサシじみた回転翼が福島の袋をくわえ込んだとたん、バシッという破裂音がして一面に細かな紙くずが舞ってしまった。袋の空気を抜かずに口を結んでいたのである。作業員たちは優勝凱旋のスポーツチームとなって、思いがけずきれいな紙ふぶきのなかに立っていた。ただし紙ふぶきは事務系の白でなく、色あざやかな上質グラビア紙で、そういえば福島には有名でない怪しい出版社からの厚封筒がよく届いていたのである。この地区の郵便配達員がそそっかしいのか、さしすせ荘の郵便受けがまぎらわしいのだか、管理室の郵便受けに住人宛の物が紛れ込むことがあるのだが、私はそんななかに福島宛の怪しい封筒を見て本来の受け口に入れなおしたおぼえがある。それはA4判の薄紙の茶封筒だったが、倹約が過ぎた薄さだったから、折からの雨に濡れて中の一部分が透けて見えていた。着衣のない扇情的な女の脚だった。だからつい私は想像してしまうのだ。あの紙ふぶきは、あられもない姿態の美女たちの空中乱舞であるに違いない。

福島の真下の部屋、つまり一階の私の隣に住んでいるのが、警備員の川村である。俺はあと三年で六十歳だと言っていたのが、母が高齢者マンションに転出していった直後の一昨年の入居時のことだから、今は五十九歳ということになる。この川村が、じつは私にしてみれば一番の難物なのだった。支払うべき家賃を滞納するのである。入居当初はきちんと払ってくれていたのだが、半年経たぬうちに滞るようになり、私は毎月末に請求に行くのだが、二回か三回に一度しか払わない。払ってくれる場合も封筒から出した数枚の札を見せて、これは食費のつもりだったのだが、などと言いながらひと月ぶんだけ寄こすのである。おかげで私は自分が悪逆非道な借金取りに思え、滞納金は少しも減らないのである。先月末に家賃請求に行った折も、とりあえずこれだけ、と言って一万円札を一枚だけ寄こしたのだった。普段の生活ぶりは仕事を休むでもなくまじめに出勤しているようだったが、施設警備であるから夜勤もあって留守がちであり、月末の部屋を訪ねるタイミングが難しい。どこでどんな散財をしているのだか不明だが、出されるゴミは焼酎の空瓶とカップ麺の容器ばかりである。先月の一万円支払いの折には、私に向かってこんな話をしだした。

「河合さん、オレオレ詐欺には気をつけたほうがいいよ」

いきなり何を言い出すのかと私は不審に思った。

「私には子供がいないから、ひっかかりようがないけどね」

「詐欺師は頭がいいから、どんな巧妙な手口を使ってくるか分からないよ。奴らは俺たちのような善良な年寄りをねらってくる。だから俺は、逆に若い奴らをだますワシワシ詐欺というのを考えてみたんだ」

こう言われて、私は自分たちが善良なのだろうかと考えた。川村はかまわず言葉を続けて、

「だからこうするんだよ。電話に出た若者に、ワシだよワシ、と言って話に誘い込む。柔道の組み手と同じで、すばやく有利に相手をつかまえるのが大事だ。つかまえたら相手に余裕を与えずすぐに背負い投げ、つまり言葉で技をかける。いきなりこちらの用意したストーリーに巻き込むんだ。たとえば、今ワシは駅前の交番に捕まっている、と話を始める」

「交番とは穏やかでないね」

「相手を棒立ちにさせる技だよ。柔道と同じだ。頭をボウッとさせて、そこにストリーを流し入れる。……じつは電車のなかで手近に形のいい尻があったので、つい出来心で撫でてしまった。それで捕まっているのだが、相手は五万円で示談に応じると言ってくれている。警察もめんどうくさいから示談を勧めてる。ただしワシには持ち合わせがないから、すまんが示談金を貸してくれないか。捕まっているワシは動けないので、相手の親族のかたが受け取りに行くから、すまないが頼むよ。……どうだね？」

「それで、実際には誰が金を取りに行くの？」

「俺のワンマンショーだから、受け取りに行くのも俺だよ」

聞いていて私はにわかに不安になってきた。お互いに冗談のふりをして会話しているが、この川村ならこんなこともやりかねないのでは、と思えてきたのである。五万円という控えめな金額が、妙に現実味を帯びている。家賃の催促は、しつこく言わないほうがいいかもしれない。

こんな川村も、もとは建築事務所に勤める二級建築士だったのである。本人から聞いた話だが、事務所の所長と仕事上の意見が衝突して辞表をたたきつけ、以来三十年警備員をしているそうである。初対面のときから覇気が強すぎることが分かるので、この川村なら勤め先の上司とけんかしても不思議はないと思った。無自覚らしい自己中心主義に生きる男で、例として言えば、誰かがアパート前の路地でタバコを吸っているのを見ると、川村はその喫煙者に自分の部屋で吸えと怒鳴る。ところがその数日後には、川村自身が同じ場所でタバコを吸っているのである。こういう自分の矛盾に気づかない自信のことを覇気というのだろうか。だがここにも天啓の赦しがある。一定の安全な間合いさえたもてば、川村の自分勝手はそれなりに必死に生きるひたむきさに見え、奇妙にほほえましくさえ感じられるのである。

私の部屋の真上、つまり二階東側に住んでいるのは稲垣という六十八歳になる宮崎生まれの爺さんで、初対面のときから何か懐かしく、どこかで見た顔だと思っていたら、後日ふと、若い頃に本で見たことのある種田山頭火に似ているのだと気がついた。ただし本物のほうは善良で世間と噛み合わないくらいお人好しだったらしいが、こちらは野犬のような逞しさがあり、静かだが必要以上に近づくと噛みつかれるかもしれない凄みがあった。俳人で言えば山頭火より放哉タイプだろう。この稲垣とは先日偶然に電車のなかで顔をあわせた。下車する金町のいくつか手前の北千住で、私の目の前に乗ってきたのだった。私は雨のなかを日本橋に出て小用を済ませて帰る途中だった。ふたりとも濡れた傘を手にしていた。やあこんにちは、と挨拶して雑談をはじめたが、稲垣もその日はマンション管理人の仕事が休みで、北千住の兄弟のところに行った帰りとのことだった。金町に着いて改札を出ると、空はさきほどまでの雨がやんで嘘のような快晴だった。いっしょに歩く稲垣が傘を広げてさすので、雨はやんでいるよと告げると、

「いや、俺はこうして傘を干しながら歩いているんだ」

という返事である。なるほど言われてみれば筋はとおるのだが、私は返答に窮してしまった。頭のなかが一般人より半歩先に進んでいる稲垣との会話は、屁理屈や詩的な言葉がとび出してくるので難しいのである。この稲垣は売れない画家なのだった。北千住の兄弟というのが喫茶店だか食堂だかをやっていて、店の壁にいくつか作品を展示させてもらっている。各作品には控えめな額の値段をつけてあるが、かれこれ十年そうやっていて、まだ一枚も売れたことがないと言う。何かの用事で稲垣の部屋を訪ねた折に何枚かの作品を見たが、俺には世界がこのように存在している、と言う静物や風景が、いかにも現代受けしない暗い色調だった。ただしそんなことを言うと稲垣の怪気炎が燃えあがってしまう。ゴッホは生前一枚の絵しか売れなかった。そしてゴーギャンは、セザンヌは、と話が終わらなくなってしまう。稲垣によれば、芸術家が世間に理解されないのはほとんど宿命なのだそうだ。しかしそれは芸術家に限ったことではないよ、と私は内心に思う。誰でも無理解という海を渡っている最中なので

はないのか。ひょっとすると、人は自分のことさえ理解していないのではないのか。

傘をさして歩く稲垣に黙って並んでいると、大柄でしゃれた装いの若者が、日傘をさして私たちを追い越して歩いていった。沈黙が苦しくなりかけていた私はトンチンカンに、

「近ごろは男の人でも日傘をさしていますからね」

こう言ってみたが、そのとたんに若者が振り向いて私をにらんだ。男に見えていたが、その顔をよくよく見れば女なのだった。体格がいいし頭髪も思い切り短くしていたのは、レスリングかバレーボールの選手だったのかもしれない。よく考えてみると、ここでも私の物の見かたのいいかげんさが判明するのである。世界や物の存在を暗く見ている稲垣は、私などが見逃している真実を見ているのかもしれない。芸術家という者は、巧みな表現をする者となる以前に、巧みに世界や物事の奥を見抜く者であらねばならない。

この稲垣は、別れぎわに気取った謎のひと言を言い残していくことがあった。その日も傘をたたみ、さしすせ荘の階段をのぼりながら、誰に言うともなくこんなふうにつぶやいた。

「生まれるということは、帰って行くことの始まりである……」（注1）

私は宿題を出された高校生のように、階段下に立ちどまってしまった。稲垣はそん

な私にかまわず、振り返りもせずに自室に戻ったのだった。

残りの二階中央の住人は鈴木という男である。さしすせ荘では一番若いのだが、それでも四十三歳である。パソコン関係の職種を転々としているフリーターで、厄年だった昨年、駅のホームで倒れて以来、固い決心をして断酒している。本人からこの話を聞いたとき、私はこう尋ねてみた。

「よほど飲みすぎていたのだろうね？」

ところが鈴木は首を横にふって、

「乾杯のビールとチューハイを一杯だけですよ。ホームで倒れた数週間前にも、少量の酒なのに居酒屋のトイレで倒れたことがあったばかりです。もともと酒が強いほうではないけれど、いずれの場合もひどく酔っていたわけではなく、それまで気を失うなんて経験はなかったのです。駅のホームで倒れたとき、もしも自分が線路寄りに立っていたらと考えたら怖くなり、医者に行って検査してもらいました。そしたら心電図で異常が出てしまって、医者はＷＰＷ症候群だと言いました。つまり神経という電線から電流が漏れているのだそうです」

「聞いたことがないね」

「不整脈のひとつらしいのです。でも医者は薬をくれるわけでもなくて、酒とタバコを止めて適度に運動して、要するに不摂生しなければいいと言うだけでした。それ以来、酒類は口にしていません。タバコは止められないので半分の本数、日に十本くらいにしています」

「なるほど、それで、運動のほうは？」

「通勤で歩いてるくらいですね。学生時代は合気道をやっていたのですが、今さら道場に通う気力もないので、最近は心のなかでやっています」

「組み手を空想するの？」

「いいえ、合気道というのは相手と気を合わせる、つまり呼吸法の研究なのです。私には相手がいないから、部屋という空間と気を合わせます。空間とは、ひとつの大きな気なのです。そうすると、自分とは肉体のことではなく、この空間のことなのだと思えてきます。オーラという言葉があるでしょう。私にはまだ見えませんが、人間はじつはオーラのほうが実体で、物理的な肉体は、一時的な道具にすぎないのかもしれない」

　なんだかスピリチュアルな話になってきたな、と私は目の前の鈴木からハグレそうになっている自分を感じていた。鈴木はかまわずに言葉を続けた。

「厄年というのは生きかたを変える節目なんだと思いますよ。病気はその人をちょっと立ちどまらせるために、天から与えられるのです。そして人は健康を考えるとき、肉体のことばかり考えてはだめなのです。厄年は節目。だから若い頃は肉体と知性の成長ですが、厄年以後に目的とすべきは人間性、つまり霊性の成長」

なるほどね、と言って私は適当なところで退散したのだった。あんまり話を合わせていると、思わぬ方向に巻き添えになりそうな雰囲気になってきたからである。この鈴木は以前は写真が趣味で、外出時にはいつも首からカメラをぶらさげていたのだが、数年前に自費で写真集を出版したのがさんざんな結果となって挫折感を味わい、以後はカメラに触らなくなっているようだった。その写真集は義理で一冊購入して私も持っているが、題名が「美しいゴミ」という代物で、文字どおり吸い殻だとか紙くずだとかの接写を最初の頁から最後の頁まで並べた奇妙なものだった。たかがゴミの写真であり、しかも接写ばかりで背景がないからゴミのカタログにすぎず、誰にも相手にされることなく本屋で一冊も売れなかったのである。売れ残りのゴミ写真集は押し入れ下段でじゃまな本の山となり、本当のゴミになりつつある。

しかしゴミとは何なのだろう。ゴミでなかった物を使った後の形骸だろうか。つまり何の役にもたたない無用の物のことなのではないか。役目を終えてゴミになる物と、存在し始めた最初から役立たずのゴミである物。つまりゴミとはおこがましい人間の価値観の投影であって、物自体の本来の特性ではない。人間のつごうでしかないのだ。写真家としての鈴木は、そのことを訴えたかったのではなかろうか。

ただし私は写真集のなかの一枚に秘かに気を引かれていた。その一枚というのは路上の枯れ葉を写したもので、朽ちた葉の乾燥してくねり曲がった姿とか、浮き出た葉脈の幾何学的模様が、鈴木の言うように美しく見えて妙に気に入ったのである。ゴミという言葉を想起したとたん、人は対象の意味や美を拒否してしまう。というのが鈴木の熱のこもった弁だったが、そんなことを言われると、この世のあらゆる物が美しくなければならなくなってしまう。しかし実際はどうなのだろう。すべての存在は美しいのだろうか。そもそも美とは何なのだろうか。

こういう個性的美意識を持つ鈴木と画家の稲垣とは話が合いそうに思えるのだが、実際はふたりは隣どうしのくせに、顔を合わせた折の最低限の挨拶しか交わさない仲にとどまっていた。このふたりに限らず、このアパートの住人は都会風の隣人関係をわきまえていて、おそらく自分の素顔を守るために、すきま風を入れる間合いをうまく保っているのである。

ざっと見わたして、以上がさしすせ荘の住人たちである。だが実は、最近このさしすせ荘で大変な事態が起こったのだ。私は奇妙な体験をした。だからその体験をもう一度咀嚼するために、私はこの一文を書こうと思いたったのである。

少し前、七月の明け方のことだったが、私は寝床のなかで「ただいま」という声に気づいて目をさましかけた。その声は川村の部屋から聞こえたようで、声の感じは川村本人のようだった。半眠半覚のいい気持ちでウトウトしていると「ただいま」という声が再び聞こえた。奇妙だった。川村はひとり暮らしのはずであるし、訪問者の姿など見たこともない。珍しく親類の者が泊まっているのか、あるいは金魚か小鳥でも飼いだしたのか、と私はさめきらない寝ぼけた意識で考えていた。すると間をおいてまた、今度は怒りを帯びた声で三度目の「ただいま」が聞こえた。川村は短気だから な、と私は荒い語調になんとなく納得し、そして再び眠りに落ちてしまった。そのときは、ただそれだけのことだったのである。

そして昼過ぎになってから、私は川村を訪ねてきた仕事仲間の訪問を受けた。川村より少し若い五十歳くらいの男で、同じ警備の職場の同僚だと名乗った。もう何日も無断欠勤しているので、ようすを見に来たのだそうである。

「返事がないなら、留守なんでしょう」

私が答えると、

「でも電気メーターが回転しているので裏にまわってみると、エアコンの室外機はさかんに動いているのです」

それで大家の私に立ち合わせて、留守かどうか室内を確認したいのだそうである。

「職場では、女にフラれてふてくされているのではないか、と言う者もいるのですよ。ご存知でしたか？　観光ビザで来日してスナックで働く女性。そんな女性と仲良くなって、おだてられて惚れられたつもりになり、親の手術費だとか子供の入学費だとか取られ続けて、職場の仲間からも借金しまくりましてね。社内での金の貸し借りは禁止ですから、会社に知られてクビになりかけたのですが、そうなると貸した金が戻らなくなるので仲間たちみんなが弁護して、どうにかクビがつながったと思ったら、ぷっつりと出勤しなくなってしまったのです。ふてくされて酒をあおっているのではないか、と職場では噂しているのです」

私はさっそく合鍵を出してきて川村の部屋のドアを開けた。冷房が強めにかかっていた。先に部屋に入った同僚の男は一歩踏み込んだとたんに、おおっと驚きの声をあげた。川村が倒れていたのである。床には何本かの酒の空瓶が転がり、落としたらしいコップが砕けていた。同僚の男はかがんで川村の首筋を調べたらしく、私の顔を見て神妙に無言で首をふって見せ、そうして川村に向かって両手を合わせた。むこう向きの川村の顔は私に見えなかったが、右手が電車でつり革につかまるようなかっこうになっていて、その手はコップを持っていたときの形のままだった。

「何も触らないほうがいいですよ。現状をそのままに保存というやつです」

呆然としている私をよそに、同僚の男は手際よく警察に連絡して状況を説明しだした。管理人さんといっしょに部屋に入ってみたら、という言葉が聞こえていた。はい、さしすせ荘です。そうです。さしすせ荘です。と何度も繰り返していたのは、電話の相手が何度も聞き返したからだろう。

こういう連絡を受けた後の警察はさすがに手順をこころえている。車二台と自転車数台の制服私服の警察官たちがやって来て、部屋の内外を細かく調べだしたのである。あらゆる角度から写真が撮られ、私や他の住人から執拗に話を聞き、部屋の賃貸にかかわる契約書も持っていった。警察の捜査が開始された時点で、自室に居たのはひきこもりの福島だけだった。福島は後で私のところへ来て、こんなふうに話していった。

「川村氏って、寅さんみたいな人でしたね」

寅さんというのは、地元で人気のある映画の主人公のことである。私は何も返事ができなかった。福島は普段から川村とどのように接していたのだろう。ただのひきこもり老人とばかり思っていたが、川村の何を知り、何を理解していたのだろう。福島は感慨深い顔で、

「寅さんも最初の頃は野性味があってよかったが、シリーズ後半になると善良な小市民になってしまってつまらなくなった。その点で川村氏は、自分のなかの野生を守って奮闘していたが、結局はダメでしたね」

よく分からない話なので、私はこう尋ねた。

「野生って、何ですか？」

するとと福島は笑ったのか怒ったのか分からない皺くちゃな顔になって、

「所詮、寅さんは渥美清をコーヒー豆みたいに焙煎して、つごうよく抽出した庶民向けのライトドリンクですよ。本当の滋養と苦みは搾りカスのほうに残っているのだが、みんなそれに気がつかない。渥美清本人だけが悲しく知っていた。だから川村氏の場合は、口あたり良い抽出飲み物でなく、搾りカスのほうを生きていた。川村氏が寅さんを意識していたという意味じゃないですよ。似ていると思うから、私が勝手に並べて説明しただけですよ」

私が返事できずに黙っていると、福島は二度ばかりうなずいて帰ってしまった。福島の言葉は私には意味不明な部分があった。ただ福島は、川村について語りながら、暗に自分のことを言いたかったのではないのかとも思われた。

警察が持っていった契約書は翌日には返されたのだが、その際に警官が、調査内容のあらましを教えてくれた。司法解剖の医者はメスをいれてすぐに死因を特定できたそうである。肝臓が爆発していたというすごい表現だった。警察は手際よく川村の会社に問い合わせ、年に一度の健康診断の記録も取り寄せていて、飲酒を制限せよとか月一度の血液検査が必要だとか、悪化の一途をたどる健康状態の経過もおさえているのだった。つまり川村は、女にだまされて借金まみれになり、産業医をてこずらせたあげくに壮絶な死をとげたということなのだ。誰にでも、他人には分からない深いドラマがあるということである。

さらにその次の日、今度は川村の弟という人物が現れた。川村とは似つかわない温厚そうな紳士で、私に小さな菓子折を渡してこう言った。

「兄はもともと変わり者でしたが、男というものは女にたぶらかされると頭がおかしくなるのですね。さんざん借金をして、それを返そうともせずに、金を貸してくれとまた来るのです。やせてしまって青黒い顔をして、困りはてているのは分かるのですが、こっちだってひとり娘の結婚にそなえなければならない貧乏人です。もう顔も見たくないとはっきり断って、縁を切ったのです。でもこんなことになってしまって……」

川村の弟はそっと指先を目頭にあてた。そしてこう言葉を続けた。

「こんな状態だから、家賃のほうも滞納していたのではありませんか？」

弟の心配は図星で、たまった家賃はオンボロなら中古車が一台買えるくらいになっていた。だが私はこのとき心がふらついて、こう言ってしまったのだった。

「家賃の滞納は少し……でもこの際だから、香典代わりにチャラにしましょう」

弟は不審がって、

「それは、いくらほどになっていますか？」

「ご心配なく。たいした金額ではありません」

本当は、私のような貧乏人には高額だったのである。けれども具体的な数字を言ってしまうと、それは相手の心にトゲのように刺さるに違いない。私には相手の、娘の結婚費用を削って兄の葬式をだす悲哀が感じとれたのである。こんな場合に、弟という立場に支払い義務があるのかないのか、入居時の保証人欄に印鑑を押してあるのかないのか、などという大事なことを考えるでもなかった。私は自分の側が借金しているみたいに慌てふためき、必死に金銭の話をごまかしてしまった。

その日の夜、私は寝床で布団をかぶり、丸く縮まって伏したり寝返ったりして悶々と後悔したのだった。私は本当はけちで意地悪な人間のはずなのだ。それが発作的に隣人愛を気取ってしまったために、苦しい後悔に心を焦がしていたのである。のどから手が出るほどの金だった。欲しかったパソコンとプリンターが買える。電子レンジと新しい洗濯機まで買えるかもしれない。せんべい一枚の朝食、百円ショップのカップ焼きそば一個の昼食、そして夜には束売りのレトルトカレー。それを少しだけ贅沢にできる機会だった。けれどもまた、いらない、と言って踏みとどまった自分を誉めたい気持ちもわずかにあった。今はこんなに落ちつきなく苦しいが、このような身を切る後悔の痛みは、月日が過ぎれば淡い記憶になるだろう。そして今は煙のように軽い自己肯定感が、やがて少しは手ごたえある重みをもって、欲深さや嫉妬深さを打ち負かしてくれる日が来るかもしれない。眠れない苦しいこの夜は、いつか将来の安らかな眠りのためにある。今はこんなに利己的で愛のない自分にも、心の強い平和な日々が来るのだと信じたい。

そうやって寝床で悶々としていると、ふと「ただいま」と聞こえた川村の声のことを思い出した。検視解剖の医者は死んだのがいつだったかを、誤差数時間の範囲で割り出している。ところが私が川村の「ただいま」を聞いたのは、川村が死んだ次の日なのである。時間系列が合わないではないか。これはいったいどういう意味なのだろう。私は背筋に寒気を感じた。川村は倒れた体からぼんやりと抜け出して、別れた女を捜しに行っていたのだろうか。それが見つからなかったのか相手にされなかったのか、さしすせ荘の部屋に戻ってみると自分が倒れている。あのときの「ただいま」は、倒れている自分に向かって言っていたのではなかろうか。間の抜けた話ではあるが、体から抜け出て頭脳を使えなくなると、理屈に弱くなるのかもしれない。川村は行き場を失って途方にくれたのだ。だから状況が分かりだした三度目の「ただいま」で怒りだしたのではないのか。

けれどもここでひとつの疑問が生じるのである。川村の体は冷たくなって床に横たわっている。それなら声を発する声帯もそちらにあるはずで、よそから帰った川村の霊がただいまなどと言うはずがないではないか。ただしこれにはこんな解答があり得ると思われる。川村のただいまを聞いた私はウトウトと眠りかけ、あるいは覚めかけた変性意識状態にあったので、私自身は耳で聞いたつもりになっていたが、実際は川村の思念をダイレクトに知覚していたのではあるまいか。さすがにここまで踏み込むとオカルトの領域になってしまうが、実際に体験した私にはそう思えるのである。霊となって浮遊した川村は、一度はどこかに行きかけたものの、自分の肉体めがけて帰ってきたのである。ところがひとたび抜け出た肉体には戻ることが許されない。帰るべき場所は他に探すべきなのである。それで川村は途方に暮れたのではあるまいか。

私は自分だけが知る「ただいま」のことを、他の住人に言いたくてたまらなくなった。彼らだったらどんな感想を語ってくれるだろう。けれどもその欲求をかろうじてこらえる決心をした。もう少し整理しなければ、他人には語れない話なのだ。これはあきらかに超常体験というやつである。未整理のまま投げ出すわけにいかない。つまり私はひとりで抱えきれない高額の外国紙幣を持ってしまったのだ。誰かに分け与えたいが、いかに高額でも私自身が使う方法を知らない異国の紙幣であるから、使いこなせる相手にしか渡せないのである。それこそ渡す相手によっては、なんだこんな偽札なんか、と言って怒りだすだろう。などとあれこれ考えているうちに、私は疲れて眠りに落ちたのだった。

そして私は夢を見たのである。私はさしすせ荘の前でほうきを手にしていた。すると見ず知らずの若い女がやって来て、いきなり私にとびついたのである。女が両腕でしっかりと私の首を抱きしめるので、窮屈さを感じていた。けれども女の心の穏やかな安らぎが伝わってくるので、私もうっとりと平和な気持ちになっていった。これは知らない女だ。けれどもなぜかよく知っているようにも思われる。見ると女は私を信じきって目を閉じていて、まるで熟睡しているかのような幸せそうな表情をしていた。なかなかの美人である。ところがさらによく見ると、その女がふいに犬にも見えるのだった。コロだ、コロじゃないか。それが嬉しそうに私に抱きついてじっとしているのだが、私が驚いていると、次の瞬間にはまた人間の女に戻るのだった。

そうして私はそんな短い夢からふわりと覚めて、寝具に身を横たえたまま、見せられていた情景の意味を考えるのだった。コロはどうして私に会いに来たのだろうか。今度は人間に生まれかわることになって、挨拶に来たのだろうか。そうだとしたら、すばらしいことだ。私はうっとりした気持ちで夢のなかのコロを思い返してみた。コロよ、私の夢に出てきてくれてありがとう。そしてこんなふうにも考えた。気味の悪い事件の後だったから、ただ単に、私を安心させに来たのかもしれない。けれど夢とはそもそも何であろうか。疲れた潜在意識のいたずらにすぎないのだろうか。神秘的領域からの働きかけなのだろうか。答えは明確ではない。でもだからこそ、想像はこんなときは自分を励ます方向に使ってよいのではなかろうか。コロ、ありがとう。おかげで気分が落ちついたよ。私はうっとりした気分になり、そしてまた眠りに落ちるのだった。

川村の騒ぎがやっとおさまった数日後の朝、私がゴミ置き場にいると、ちょうど出勤する時間なのか稲垣が出てきた。私は充電する福島のために、屋外コンセントの横に折りたたみイスを置いていたところだった。釣り人が岸壁などで使う小さなイスである。稲垣はほんのつかのま私の横に立ちどまり、私が見ているものをいっしょに眺めた。しかし稲垣にはイスの意味など分からないだろうし、私もすでに別のことを考えていた。高齢者マンションに住んでこのアパートに来なくなっている老母に、川村の一件をどう伝えようかと思案しだしていたのである。高齢者マンションはどこでもそうなのかもしれないが、入居者たちは水面下の覇権争いで毎日を忙しくしている。同じ老人でも、さしすせ荘の爺さんたちは個性的ではあるが、周囲に対して支配欲を持たず攻撃的ではない。誰からも支配されたくないし攻撃されたくないという気持ちの裏返し作用で、プライバシー尊重が徹底しているからだ。老母の住むマンションのほうは、表面的には快適そうに見えるが、閉鎖的空間で住人相互の交流が強制されているために、実際はエゴが激しくぶつかり合って泥沼なのである。しかしまた老母はそんな賑やかなマンションで、気の合う数人の仲間とひとつの小派閥をつくり、その維持経営に充実しているらしい。歳をとると女のほうがしぶとくて強いのである。

今ここに私が見ているさしすせ荘は、独身爺さんたちを抱きかかえていつものようにひっそりとしている。だがその穏やかさは危ういのである。いつか近い将来に高齢の母が亡くなったとき、私はこの土地の相続税を払いきれるのだろうか。税金を払うために、この土地を売却しなければならなくなるのではあるまいか。そんなふうに思ってながめると、さしすせ荘は建物自体が弱った瀕死の高齢者である。周囲を高い建物に囲まれて、さしすせ荘そのものがひとつの息苦しいゴミになりかけている。私の人生は綱渡りだ。いや、こんな私に限らず、人はすべて綱渡りを生きているのではあるまいか。どんなに安定しているように見えようと、人生はバランスをたもつのに四苦八苦する綱渡りなのだ。

私の少年時代には畑や原っぱだった場所がマンションになり、周辺の戸建て住宅も気づいてみれば、一軒を二等分して三階建ての二軒に建てかえている。それらはたいてい一階部分をガレージと風呂と台所などとしており、二階に夫婦の寝室とリビング、三階に子供部屋、というつくりになっているようだった。そしてどれもみな、現代風にパステルカラーできれいに塗装されている。昔風の灰色のモルタルを吹きつけた、ほこりっぽい二階建てはさしすせ荘だけである。

稲垣はそんな光景を画家の目でどう見たのか、こう言って駅へと向かうのだった。

「みんな、自分の本当の帰り場所を探しているさなかなのだ」

まるで山頭火か放哉の独白じみて寂寥の実感がこもっていた。帰り場所という言葉は私に川村の「ただいま」を想起させたが、稲垣の言葉は最初に「みんな」と念を押している。私は自分についてあらためて考え、いま居る場所からさらに帰るところが何なのか、思い迷った。

さしすせ荘は吹き溜まりなのだろうか、と私は考えた。かろうじて臥薪嘗胆を生きのびている男たちの巣窟なのだろうか。けれども世界に取り残された者こそ幸いなるかな、である。ここでのこんな生活には、劣勢の極みで微かにスパークする聖があり、心の王国への秘められた扉が予感されはしまいか。地上に財を画策せし者は、キリストや弥勒とすれ違っても気づかない。聖を見ようとしないのだ。そういう意味では、さしすせ荘の連中は何かを見聞きする準備ができているのではあるまいか。さしすせ荘の住人つまり我々は、非日常の真実に触れる絶好の位置にいる。しかしこれは極端に陥らない微妙な人生のバランスの上に成り立っていなければならない。自分自身がゴミになりそうな、紙一重の綱渡りである。放哉や山頭火は綱を渡りながら、上半身でもがき過ぎて綱から落ちてしまった。車寅次郎は毒抜きされ無害化されて身軽になったが、軽くなりすぎて足が綱を見失ってしまった。綱を渡り続けるには加減が難しいのである。世間のまっただなかに在って静かに世間から置き去りにされている我々こそが、綱を渡りきって、その先にある場所を踏みしめる者となるのではあるまいか。

ただしこんな感慨は、負け惜しみに近い感傷かもしれない。ロマン派と破滅型は紙一重なのである。綱を渡りきるためには、熱い情熱と冷たい好奇心が必要なのである。熱さと冷たさの両方を、矛盾なく心に持たねばならない。だから負け惜しみでなく言うのだが、確たる心の中心線を持って均衡を保ち、試練の綱を渡り続けるには、やはり綱の先にあるものについて、自分の帰る場所の見当くらいついていないといけないのかもしれない。

（注1）詩人　金井直（一九二六―一九九七）の『帰郷』冒頭の言葉。

変身とスットコ爺さん

暖かな四月の朝、私はいつものように寝室から居間へ歩いていって、その場の光景に愕然としてしまった。

「お爺ちゃん、おはようございます」

こう言って挨拶したのはたしかに息子の嫁の声なのだが、そこに立っている者の姿は巨大なコオロギだった。テーブルで新聞を読みながらコーヒーを飲んでいるのも巨大なゴキブリで、その座席は出勤前の息子の定位置である。コオロギもゴキブリも、それぞれ息子夫婦の服を着て平然としている。私は居間からとびだして、玄関脇の姿見の前に行って自分の顔を見た。鏡に映っているのはあたりまえの人間としての自分の顔姿で、昆虫などではない。手で無精ひげの頬を撫でてひとまず安心した。居間で見た二匹の大きな昆虫は何なのだろう。手足は人間っぽい形なので窮屈に息子夫婦の服を着て、顔は光沢のある茶色い地肌に人間の目鼻や口がついていた。それらの造作に息子や嫁の特徴の名残があったようにも思う。これはいったいどうしたことだろう。病気か、陰謀か、天罰なのか。鏡の前に立って途方にくれていると、背後のドアのむこうで孫娘のヒトミの声が聞こえた。両親と何を会話しているのか不明だが、驚いたりあわてたりしている気配はない。居間から足音がやって来てドアが開きそうになったので急いで背を向けると、ヒトミが横切っていった。

「行ってきまぁす」

孫娘は高校二年生で、学校に行く時間なのである。凍りつくように鏡をにらむ私の背後を通過する際、一瞬立ちどまって鏡で自分の見映えをチェックするその顔は、ちゃんとした人間の顔だった。

「おい、ヒトミ」

お前はパパとママの異変に気づかないのか、と訊こうとして玄関を振りかえり、私は息をのんで黙ってしまった。目の前にいたのは、高校の制服を着た大きな赤アリだったのである。私の声がうわずっていたからか、

「何か変?」

赤アリが一歩戻って私と鏡の間に割り込むように身を寄せ、自分の姿を点検するしぐさになった。鏡の外のこちら側にある後頭部は赤アリで、短く刈られた芝生みたいな赤い剛毛のなかから伸びた二本の触覚をくねらせている。鏡のなかでは人間のヒトミが自分の顔を点検して、何かガッカリしたりニヤリと笑ったりしている。どうした

ことだろう。私は目をこすり唇を噛んだ。目の前にいるのは赤アリだが、鏡に映ってイイッと歯をむきだしているのは孫娘の正常な顔なのである。

「じゃあね、お爺ちゃん」

そう言ってヒトミ赤アリは出ていってしまった。その醜悪な後ろ姿が目に悲しく焼きついてしまった。

私のいいかげんな感覚ではついこの前まで、ソファに座ってテレビなど見ていると、遠慮なしにしがみついてきたり肩にのったりしていたおチビさんが、近頃はよそよそしい美少女になってしまった。その遠のいた間合いは淋しくはあったが、子供の成長とはそういうものなのだと思う。だから美しく大人になってゆく孫を、くすぐったくおきざりになりながら眺めるのが、私の新たな楽しみになっていた。ところがそんな孫の姿が、今や毒々しい赤アリなのである。

私は泣きたい気持ちになり、その場で自分の両手を顔の前にかざして眺めた。鏡に映すまでもなく、正常な人間の手に見える。もう一度鏡をのぞいて見たが、悲しげな間抜けづらではあるが、やはりちゃんと人間の姿である。居間に通じるドアをそっと細く開いてのぞくと、

「俺もそろそろ行くかな、今日は朝から会議があるから」

「あら、それならヒトミといっしょに出ればよかったのに」

「あいつ年頃のせいか、俺といっしょの電車は嫌がるんだよ」

巨大昆虫どもが常と変わらぬ夫婦の会話をしている。一歩入って息をおさえぎみに立つと、居間のテレビでは女子アナウンサーがちゃんと人間として映っていて、何か口に入れてバカみたいにオイシィを連発しているところだった。いつもと同じ番組であり映像である。人間が昆虫に見える、などという珍ニュースはなさそうだった。コオロギ嫁が言った。

「お爺ちゃん、コーヒーは？」

私はあわてて、

「いや、今日はいらない」

逃げるように自室に戻った。三年前に妻が病没するまでこの家は二世帯住宅として機能していたから、風呂は母屋のを共同で使うのだが、廊下でつながっている離れ座敷にも一応こぢんまりとしたキッチンとトイレがついている。自室に戻って自分でコーヒーをいれたが、失敗して濃すぎたのをひと口飲んだところで、玄関に息子の出勤する気配があり、急いで行ってみるともう息子の姿はなかった。その代わりに見送りに立っていたコオロギ嫁の姿を鏡で見ることができた。人間の姿として気取った顔で映っている。

「あら、ご用だったかしら。まだそのへんを歩いてますから、呼んできましょうか？」

　気を利かせてこんなふうに言ってくれたが、

「いや、いいんだ。急ぎの用じゃない」

「買い物だったら、私がパートの帰りに店に寄りますよ」

「ありがとう。でも、いいんだ。運動を兼ねて後で散歩に出る」

　こう言ってごまかした。


　嫁は月曜から木曜まで駅前の花屋で短時間働いているので、その日も娘と夫をおくり出してしまうと、いそいそと外出のしたくを始めた。七十二歳の私は毎日が日曜だから、勝手グウタラでいわゆる引きこもり老人になりかけていたのだが、この時ばかりは家族の異変にショックを受け、煎餅かじってゴロゴロなどしていられなかった。さりとて頭の具合がおかしい、などと精神科の医者に相談する気にもなれず、とりあえずひとりきりになった居間でテレビをつけた。画面には通常の人の顔が映るが、どのチャンネルに変えても喰い物を囲んでキャーキャー騒ぐ番組ばかりで、人間の姿が昆虫化したというニュースは入ってこない。ひとしきりリモコンをにぎりしめていたが、あいかわらずのウマイおいしいに腹がたってスイッチを切ってしまった。

　そういえばテレビはずいぶん前から喰い物の話題ばかりになっているので、私は近頃ほとんど目を向けなくなっていた。自分の食についての考えを述べると偏屈者と決めつけられるが、そもそも口と肛門とは消化器官の入口と出口という対の対等な関係なので、入口の話題で賑やかにはしゃぐのは、もう一方の出口での脱糞を話題としてカッコイイとかキレイとか騒ぐのに等しいと考えている。しかしあるいは、一年前から家のなかで会話が少なくなって孤立ぎみなのは、そんな考えをうっかりと家族に披歴してしまったからかもしれない。

あれこれ考えて居間でクヨクヨしていたら、少しの時間のつもりが昼過ぎになってしまった。高齢者の時間の流れとはこんなものだ。私は意を決して世間を偵察してまわることにした。こんな状況で閉じこもると、ますます心が委縮するぞと思ったのである。ビクビクしながら家を一歩出てみると、やはり道行く人々はみんな昆虫の姿に見えた。カマキリが器用にオバチャリと呼ばれる電動自転車に乗っていたり、トラックの運転席にくわえタバコのカナブンが座っていたりする。不思議に蝶や蜂など飛ぶ虫の姿はなかった。手鏡を持ってくればよかったかな、と気づいたのはだいぶ家を離れてからだった。そうして駅に向かいながらも嫁の働いている花屋を避けて道順を選ぶと、大通りに面した区立の図書館の前に出た。普段は本など読まないので縁がなかったが、何か異変の手がかりを見つけられるかもしれないぞと入ってみた。

図書館内はさながら、標本が逃げ出した昆虫博物館だった。あいかわらず蝶や蜂の姿はなかったが、緩慢に地を這う者どもであふれていた。普段から他人という存在は不愉快だが、常にも増して不快を感じた。いつも口には出さないが心のなかでつぶやく「屁みたいな野郎め」という毒づきが声に出そうになる。昆虫たちはゾッとする姿で本を探したりノートにペンを走らせたりしていた。

書架の通路に踏み台を兼ねたベンチがあって、そんなベンチのひとつに、手に何か隠すようにしてもてあそんでいるイモムシが座っていた。他の昆虫同様に、全身どこも色艶は異様だが、顔と手足のかたちに人間の原形をとどめているのがむしろ無気味だった。汚いイモムシだな、と思いながら前を通過すると、背後からこう声がかかった。

「おい、スットコ」

ギクリとして歩みをとめた。スットコというのは、小学生時代の私のあだ名だったのである。

三年生から四年生に進級する際のクラス編成で、私の二組の担任は熊五郎というあだ名の強面の中年男性教諭になったのだが、その先生のクラスでの初頭訓示がくどくて長いので、つい私はオチャラケて小声で「てゃんでぇ」と呟いたのだった。てゃんでぇ、は私の父親が晩酌で顔を朱に染めて連発する口癖だったので、自然に私の頭にしみ込んでいたものと思われる。気楽な小学生だった私は、歯を食いしばって生きていた父親の、男としての悲哀や理不尽な不遇を知るよしもなかった。

　楽しくドタバタした雰囲気につつまれた新四年生の初日に浮かれて、私の心はいつになく軽薄になっていたのだ。ところが私の席は窓辺ながら前列から二番目だったので、期せずして私のつぶやきが熊五郎の耳に達してしまったというわけである。演説を邪魔された熊五郎は烈火のごとく怒り、

「おい、そこのスットコドッコイ」

　私を指さしたが、その指先が怒りにふるえていた。たぶん私は熊五郎が前夜から推敲していた演説の、話の腰を折って高邁なる説教を穢してしまったのだ。だからその時限は終了のベルが鳴るまでずっと、私は教室の後ろに立たされてしまった。昔の先生は偉かったとか怖かったとか、時代の郷愁めいた言葉をよく耳にするが、なんてことはない。昔の先生は、教育の職人であり親方だったのだ。怒りっぽくてしばしば生徒をひっぱたいたし、生徒の側も職人親方に弟子入りした徒弟さながらで、学業奉公の重圧に服従せざるをえなかった。それが私たちの次の世代あたりから、教育者という職人の世界を組合が凌駕してしまい、先生たちは教育労働者になってしまった。学問から香りが抜けてゆく節目の時代だったということだろうか。それはともかくとして、だから以後三年間、中学に入って周辺の小学校からの連中とごちゃまぜになるまで、私はクラスのみんなからドッコイを略したスットコと呼ばれることになってし

まった。

「何十年ぶりだろう。な、スットコだろ？」

私が振り向くと相手は上半身をねじって後方にかざした手の物を覗いていた。それは名刺ほどの大きさの鏡だった。鏡にはその男の顔の一部が正常な人間の顔として映っており、しわくちゃな顔の目が笑っていた。

「そう言うあなたは？」

一歩近寄って慇懃に尋ねると、

「やだなあ、あんなに仲良く遊んだのに、忘れたかい？」

声が懐かしく昔の面影を呼びさました。

「尾花のユウちゃんかな？」

相手はうんうんと頷き、電車のつり革を持つみたいに伸ばした手の鏡に見入った。

「ちょっと貸してくれるかい？」

こう言って相手から鏡を奪い取って映して見ると、洟たらしのユウちゃんがそのまま爺さんになった顔が見えた。

「ああ、確かにユウちゃんだね。あの頃の仲間はみんな遠く引っ越したり死んだりして、会えなくなったね」

こんな私の挙動にユウちゃん爺さんは驚いて、

「鏡で確認か。それはもしかしたら、君も自分以外の人間がみんな猿に見えてしまうのかい？」

私は驚いて息をのんだ。私には他人が昆虫に見えるが、ユウちゃんには他人たちがみんな猿に見えるということだろうか。頭の整理がつかず、違うともそうだとも言えず黙っていると、

「変なのは俺ひとりじゃないんだろ？　頼む。正直に言ってくれよ。周囲のみんながゴリラやチンパンジーに見えるんだろ。俺は自分の頭がおかしくなったと思って悲しんでいたところなんだよ。やっぱり頭がおかしいんだろうけど、俺ひとりだけじゃないのかもって、希望の光が見えたところだ。正直に教えておくれよ」

こう言われて、私は朝からのことを順を追って言って聞かせた。するとイモムシのユウちゃんは、

「そうか、巨大昆虫か。でもスットコは冷静だな。俺の異変は五日前からだが、最初は気が動転して家のなかで暴れまわって、あやうく病院に連れて行かれそうになったんだ。でもね。息子にガムテープでぐるぐる巻きにしばられて、いざ病院に出発というまぎわに、ゴリラの息子がネクタイを結びながら鏡をのぞいたのだ。俺もその鏡をながめた。そしたら鏡に映る息子の顔はまともな元の顔に見えるじゃないか。そのとたんに俺は謎を解く糸口をつかんで、と言うか、謎は謎のままながら、自分はやっか

いな病気らしいが、このまま騒いで病院に放り込まれたらオシマイだぞと考えて、必死に正常に戻ったふりをして、病院行きの件は許してもらったんだよ」

「そうかい。大変だったなあ。ちょっと貸して」

鏡を借りてイモムシの顔を見ると、やつれ疲れたユウちゃんが悲しそうな顔をしていた。うなだれてしおれたまま、ユウちゃんが言った。

「俺は他人の悪口を言いすぎたんだよ。何かあるとすぐに、あの猿め、なんて言っていたからバチが当たって、猿め猿めの悪態が呪いになって返されて、他人どもがみんな猿に見える病気になったのだ。ああ、神さま……」

こんなユウちゃんの愚痴だか反省だかを耳にしながら、私はふと思いついて、

「これは頭の病気かもしれないけれど、ここにふたりそろったということは、世間には意外にもっと多くの仲間がいるのかもしれないね」

こう言うとイモムシのユウちゃんは鏡を奪うように取り戻しながら、

「俺もそう考えたさ。この病気は新しい老人病かもしれない。なにしろ高齢者は、不平不満を心に溜めこんでいるからな。でも我々高齢者ばかりが悪いのではない。高齢者を尊重せず、邪魔者あつかいする奴らだって悪い。自分勝手な猿どもめ。……おっと、また言ってしまった」

イモムシのユウちゃんはイモムシの頭を掻き、そして言葉を続けた。

「それで、婆さんの形見の鏡を持って図書館に来て、挙動不審な年寄りを探していた。昼間の図書館は年寄りだらけだからね。知ってる顔を探していたんだ。そうして君に会ったというわけだ」

「私は挙動不審に見えたかい?」

こう尋ねると、イモムシのユウちゃんは、

「不審者もいいとこだよ……ええい、うるさい。黙れ、猿ども」

話途中で怒って振り向いたが、しかしユウちゃんの後ろには誰もいない。何をうるさがったのか私には見当がつかなかった。

「今のは何だい? 何を怒ったの?」

こう訊くと、イモムシのユウちゃんは、

「数人の子供らが歌の練習をしているんだよ。でもそれが、同じ小節ばかり繰り返して先に進まない。たぶん幻聴なのだろうが、君には聞こえないかね」

「聞こえないよ」

「そうか。でも何日かすると、きっと君にも聞こえてくるだろうさ。じれったくてイライラするぜ」

こう言われると私は不安になり、こう訊かずにいられなかった。

「参考までに知りたいのだが、どんな歌だね?」

「いろいろさ。クラシックから童謡まで、ちなみに今聞こえているのは、映画の男はつらいよの主題歌。今日も涙の陽が落ちるってところだ。でも、泣きたいのは俺のほうだ」

私は少し考えてから、

「まあとにかく、同じ症状の仲間に会えてうれしいよ。これはしかし、両者の勘が合わないと発見や確認がむずかしいね」

「そうだな。今回の俺とお前はうまく波長が合ったけど、仲間探しに気が急いて、正常な者にへたなことを言うと、とっ捕まって病院送りになりかねないからな。でも絶対に仲間はいるよ。たぶん大勢」

イモムシのユウちゃんは自信たっぷりに言った。仲間つまり同病が大勢というのには私も同感だったが、

「いるとしても、そいつらは用心深く家に引きこもっているのかもしれない」

「そうだな。俺たちみたいにふらふら出てきても、仲間を見つけられなかったら、やがて家に閉じこもるようになるだろうな。近頃やたらに引きこもりが多いのは、この病気が流行ってるからかもしれないね。でも考えてみると、俺みたいに他人が猿に見えるのは、お前の場合より少しマシかもしれない」

「そうさ。昆虫は気味が悪いよ。近くに寄られると背筋に悪寒が走る。こんな症状が

さらに進むと、どうなっちまうんだろうか。人混みで突然にナイフを振りまわすとかライフル乱射とかは、そういう奴がガマンの限界に達したということかもしれない」

「ああ、嫌だ、嫌だ」

ユウちゃんはイモムシ頭をかかえこんでしまった。その姿に私はぞっとした。仲間を発見できたのは嬉しいが、私は生来イモムシや毛虫が大嫌いなのだ。しかし勇気をふりしぼり、思いきってこう訊いた。

「ちょっと頬に触れてみていいかね?」

「ああ、いいよ」

私は指先でそっとユウちゃんの頬のあたりに触れてみた。ザラッとした感触で、しかもだらしない軟らかさがあった。触れた瞬間、全身を悪寒が電撃となって走った。

「うわわっ」

私は声をあげてのけぞった。電気にうたれたように嫌悪感につらぬかれていた。ユウちゃんはびっくりして、

「はあ?　すごい反応だね。よっぽど昆虫が嫌いかね?」

呼吸をととのえながら、私は返事した。

「大嫌いだよ。生理的な拒絶の感情がこみあげる。家族といっしょに食事なんかできるだろうか」

「そいつは植木に小便、キノドクだな……うるさいっ」

ユウちゃんはまた後ろを振り向いて怒鳴った。

「いつまで同じところを繰り返してる。猿めっ」

私はそんなユウちゃんから一歩離れて、

「さて、私はもう少し歩きまわって自分を落ちつかせるよ」

イモムシのユウちゃんはうんうんとうなずいて、

「俺はいつも図書館のここの座席にいるよ。朝の九時頃から午後三時くらいまで。なにしろ頭がおかしくなって騒いだせいもあって、家では俺を老人養護施設に入れちまおうという話が進んでいるんだ。だから俺はまだ充分に健全で忙しいというふりをして、毎日せっせと外出している。でも正直なところ、図書館くらいしか行き場がないのさ。またここに来てくれ。情報交換しよう。それと、お前もこんな物を持ったほうがいい」

こう言ってイモムシのユウちゃんは小さな鏡を示した。

図書館の裏手に江戸川の土手が見えていた。江戸川にむかって歩いていくと、自転車を走らせているキリギリスや、犬を散歩させているてんとう虫の姿が見られた。飼い主の姿はてんとう虫だが、犬は正常に本来の犬の姿に見える。人間たちだけが昆虫に見えているというわけだ。土手を登りきると眼下に川の流れが見え、広い河川敷に野球グラウンドがあって、数人の十歳くらいの背たけのアリやコオロギが、ゴムボールで遊んでいた。グラウンド脇の草はらに置かれているベンチに腰かけているひとりの若い女性が、正常な人間の姿に見えるので驚いた。他はみんな昆虫なのに、なぜなのかこの女ばかりは人間なのである。近寄っておそるおそる声をかけてみた。

「あのう、ちょっとすみません」

「はい……」

女はふり向いてまぶしそうな顔をした。その目に私の姿はどんなふうに見えているのだろう。私は慎重に言葉を選んで言った。

「あなたは他の人々を見て、何か変だと思いませんか？」

女は警戒する表情になって、

「別に、いつもと変わりなく見えますが……どうしてそんなことおっしゃるの？」

「あ、いや、つまり。あなただけまともに見えるから……」

こう言ってから、しまったと思った。もっと用心深く自然な言葉を選ばなくてはいけない。人が人として見えないなんて、こんな頭の病気が発覚したら、イモムシのユウちゃんの心配のごとく、どんな施設に放り込まれるやもしれない。場合によっては救急車かパトカーを呼ばれてしまうかもしれない。だとしたら、この場は相手を安心させるため、正常なふりを演じなければならない。裸の王様という童話の登場人物のように、王様は裸ではないというふりをしながら情報収集しないといけない。

「まあ、いいです。ちょっと変かなと、なんとなく感じただけですから」

こう言って必死にごまかそうとした。けれども女はしつこく、

「私のことは普通に見えていますか？　あなたの目には他の人はどんなふうに見えているのですか？」

射抜くような鋭い目つきである。こんな目つきをするなんて、この女は医者か看護師だろうか、と私は不安になった。だとしたら私は、たまたま最悪の相手に話しかけたのだろうか。しかしそれにしても、他の人々はみな昆虫に見えるのに、なぜこの女だけ正常に人間の姿に見えるのだろう。私は混乱し、そして少しだけ大胆になった。さきほどの図書館でのイモムシのユウちゃんのこともあるので、思いきって正直に言ってみた。

「変なことを言いますが、どうか気にしないでください。そもそもあなたは、この私がふつうに人間の姿に見えますか？」

すると女は、

「あなたこそ、私の姿が普通の人間に見えていますか？」

こんなふうに言われて、私は相手の言葉の意図がつかめず面くらった。だがワラを

もつかむ思いだったので用心しながら、こう言ってみた。

「たとえばつまり、幻覚をひきおこす病気に関して、私には何の知識もないのですが、麻薬や酒をやったわけでもないのに、周囲の他人たちがみんな人間でなく別のものに見えてしまう、という病気なんてあるのでしょうか?」

すると女は、

「あるでしょうね。人間は暗示に弱いくせに、自分の目を過信する傾向がありますから。病気というより、リアルすぎる錯覚ですね。お座りください。ゆっくりお話ししましょう」

勧められるまま、私はベンチの隅に腰をかけた。女と目の高さが同じになった。女のまなざしは自信に満ちていて、まっすぐに私の心を射抜くようだった。女はにっこり笑って、

「何かとてもお困りのようですから、特別におもしろいものをお見せしましょう」

女はこう言って自分の片腕を示して見せた。女性らしからぬゴツイ腕時計をはめていた。その腕時計を私に向けながら、リュウズを軽く押したようだった。私は仰天した。女の顔が灰色のトカゲになってしまったのである。ところがトカゲになった女はそれまでの落ちついた声のまま、

「他の人たちがみんな昆虫に見えるのに、私ばかりが人間の姿に見えるというのは、

この機械のせいなのです。私はね、あなたからすれば、遠い星の異星人で、今見えている姿が本当の姿なのです。今こうしてあなたに正体を見せるのは、奇しくも明日にはこの地球を去ってしまうからです」

　その顔はまぎれもなく爬虫類だった。そして長い指で腕時計のリュウズを再度押すと、その顔は再び人間の若い女性に戻った。

「驚いたな。まるで魔法だ」

　トカゲの姿を見せられ、さらに異星人と言われても、ただ驚くばかりで怖れを感じないのは、人々が昆虫に見えるという異常事態にさらされてきたせいだろうか。私が見つめていると、女は微笑して、

「魔法でなく科学ですよ。この腕時計型のサブリミナル機器から半径五十メートルほどの範囲内は、このトカゲは人間でしかも若い女性に見えている、という強い暗示の作用をおよぼす電磁波が放射されているのです。だからあなたの潜在意識が私の姿を昆虫化して見せようとしても、いま言った電磁波でうち消されるのです」

「それは、とんでもない科学だね」

　私が驚いて言うと、女は首をふって、

「あなたがたの科学者もこの原理は五十年前に発見しているのですよ。ある映画館で、通常の映写フィルムのなかに三千分の一秒だけ乾燥しきった砂漠の荒涼とした風

景を混ぜて映写したのです。観客にはそのことを秘密にして、映画フィルムのなかに五分間隔で数十回入れたのです。その実験の結果、映画館の売店の飲料は……」

女が言葉を切ってじらせるので、私は待ちきれずに言ってみた。

「飲料はまたたくまに売り切れた？」

「いいえ。でも実験としては無視できない売上げの増加がありました。思うに視覚からだけでなく聴覚からのサブリミナル、つまり不可聴領域での潜在意識へのささやきを同時使用していれば、飲み物の売り切れも夢ではなかったでしょう」

私はため息をつき、女にこう尋ねた。

「すると、話が飛躍するかもしれないけれど、私の目に他人が昆虫に見えるというのも、誰かがそういう強い暗示を私にかけているからなのかな」

「そうだと思いますが、暗示をかけているのは誰か他人なのではなくて、おそらくあなたご自身だろうと思います」

「私自身だって？」

「そういう症例が最近は多いからです。失礼ですが、あなたは他人を心のなかで軽蔑し、こっそりと声に出さずに罵ったりしていませんか？」

私は首を横にふったが言葉は出なかった。すると女は、

「あまりに日常化していると自覚が薄いかもしれませんが、道ですれ違う人にいちい

ち不快感を感じて、心のなかで、狭い道なんだからもっと壁ぎわを歩けとか、電車やバスに乗るときに列の順を守らない人に、こんな簡単なマナーも守れないのかとか」

そう言われると、たしかに私は世間の他人たちに対して批判的であり、あれこれ不満を抱いているのである。近ごろ引きこもりがちになっていたのは、出歩けば必ず不愉快な他人に接してしまうからだった。女はさらに言葉を続けて、

「年配者は若い人たちのルールやマナーに厳しい目を向けがちです。のみならずこの時代は、若い人たちでも他人を辛く採点しがちです。でも他者に対する憤懣が積もり積って心の臨界値を超えてしまうと、潜在意識が暴走してサブリミナル的な暗示を表面意識に及ぼすことがあるのです」

「難しい話ですね。つまり私は病気なのですか？」

「あなたがたの社会の、つまり地球人の文明病です」

私は女の顔をつくづく眺めたが、正体はトカゲだなどという兆候は少しも感じられなかった。私はおそるおそる訊いた。

「不治の病？」

「いえ、……地球人には何も教えず干渉するな、と厳命されているのですが、実は地球人類は脳内ストレスが限界に達しつつあって、お年寄りや社会的弱者にちらほらと、あなたを悩ませているような症例が出はじめているのです。でも、これで治すこ

とができるのです」

女はこう言って腕時計型の装置を示した。

「大脳生理学的に言うと、眉間奥にある松果体という部分に、信号を含んだ電磁波を照射するのです。松果体はあなたがたの医学では脳のなかの盲腸みたいに思われていますが、本当は霊的に大切な器官で、何かの理由でその部分が過剰に興奮すると、本人に幻覚を見せるのです。あなたの場合は社会性のストレスに加えて、慢性化したネガティブな感情の内向が原因でしょう。私にできる治療は荒療治で、電磁波で松果体を一度気絶させるのですが、やってみますか?」

私は深く考えもせず、すがる思いで治療を願った。あっけなかった。女は腕時計を私の額に近づけただけだったが、指で強く弾かれたような、もしくは小石があたったような衝撃を額に感じた。女はそうした後はただ微笑しているばかりだった。

「もう終わったのですか?」

「終わりました。あちらの、野球をしている少年たちの姿が正常に見えますか?」

グラウンドの歓声のほうに目をやると、今まさにバッターがライナーのファールを打って、そのボールが私めがけて飛来するところだった。避けようにも間がなかった。ボールはベンチに腰かけている私の顔面に当たったが、軟らかなゴム製なのでたいして痛くはなかった。ピッチャーとバッターが走ってきて私に謝った。

「ごめんなさい。だいじょうぶですか？」

目をこすってよく見ると、少年たちの顔姿はもう人間に戻っていた。私は上機嫌で、

「とんでもない。ボールをぶつけてくれてありがとう。ここに居た私が悪いのだ。さあ、野球を続けなさい」

少年たちは意外そうな表情でグラウンドに戻り、野球を続けた。私は頭が混乱していたが、女にこう質問した。

「明日この地球から飛び立つ？」

女は楽しそうに笑って答えた。

「こんなにスラスラと自分の秘密を気軽に話すのは、明日の今頃はもう地球からいなくなるという気楽な思いがあるからなのです。地球の歳月の単位で五年間。ひとりぼっちで長い任務だったわ。これでやっと故郷に帰れると思うと、とても嬉しいのだけれど……」

女はふと顔を曇らせて言葉を切った。

「嬉しいけど、地球を離れるのは淋しい？」

私がこう言うと女は首を横に振り、

「地球人の研究見本をひとり捕まえろという指示を受けているのよ。だからここに来

て獲物を物色していたの。野球をやってるあの子供のなかの誰かを拉致すればいいのだけれど、でもね。可哀そうでとてもそんなことできないわ」

話のようすからすると、女は任務と情の板ばさみになっているらしかった。私は思いきってこう言った。

「それなら、私をつれて行ってくれないかね」

女は少し驚いて、

「気の毒でできないわ。あなただって、せっかく病気が治ったのに。私の故郷の星に行ったら、あなたは今度はトカゲに囲まれて暮らすことになるのです。研究のために大切に扱われるにしても、哺乳類の人類なんて珍しいから、あなたがたの動物園のパンダみたいな扱いになりますよ」

「それはいいね。みんなに大事にされる人気者じゃないか。それに君の星の文明は科学が発達しているから、私も地球にいるより長生きできそうだね」

高齢者という粗大ゴミから一変して人気者のパンダになる。けっこうじゃないかと私は心の底から思ったのだった。女は困惑して考えこんでいたが、

「では、もしあなたの気が変わらなかったら、明日の正午にここで会いましょう。私は気がすすまないけれど、私を迎えに来る上司はおもしろい研究見本だと言って喜ぶことでしょう。でもあなたは自分が失うものについて、もっとよく考えてください。

それでもやはり明日ここに来ることになったら、私の星につれて行ってあげるわ」

こう言う女の目は、歳老いた賢者のように知的に輝いて私を見つめていた。

「分かった。よく考えてみるよ」

私はこう返事したが、内心はもう地球世界を脱出することに傾いていた。どうせ地球にいたってボロクソ人生じゃないか、という思いが強かった。ところが女は私のすべてを見抜くまなざしで言うのだった。

「あなたとはこれっきりのような気がするので、これだけはお教えしておきます」

「何でしょう?」

私は先生に説教される子供のような気分になって、女が何を語るのか待った。

「あなたの目の前に現れるクソ野郎は、あなたの心の奥深くから登場してくるのです。そのことに気がつけば、クソ野郎は善良で温厚な市民となって登場してくれるようになるでしょう」

私は黙ってうなずくしかなかった。スットコと呼ばれていた小学生時代に戻ったみたいだった。そこで大きく息を吸い、一歩下がって言った。

「病気を治してくれてありがとう。本当に助かったよ」

私は女と別れて土手の上へと歩きだそうとした。すると女は、

「あなたは運がよかったわ。私はこの五年間ずっと息をころして控えめにしていたの

だけれど、今日だけは気分が高揚して、変に積極的なんだもの」

女は腕時計に手をやってさきほどと同じ操作をしてみせた。ほんの一瞬だが女の顔がトカゲになり、そして人間に戻った。私は手をふって女と別れ、そして図書館に向かって急いだ。今すぐユウちゃんを土手に連れて行って、ユウちゃんの頭も治してもらおう、と思いついたのである。小走りになって急ぐなんて久しぶりのことだった。心はいつになく浮き浮きしていた。街の人々がみな正常で健全な人間の姿に見えるのが嬉しかった。


急いで図書館に戻ると、ユウちゃんはまだ同じ場所にしょんぼりしていた。もうイモムシなんかではなくて、人間の姿に見える。

「おい、ユウちゃん。朗報だぞ」

私は江戸川の土手で会った女のことを話した。

「急げばまだ居ると思うよ。治してもらおう」

ところがユウちゃんは話が信じられないようだった。

「そんなウマい話があってたまるか。謎の女が腕時計でビビッだと？　トカゲ宇宙人？　笑わせるなよ」

「信じられないだろうが、本当なんだよ。出来すぎの話に聞こえるだろうが、明日の今ごろには故郷の星に帰ってしまう。その宇宙船に私も乗せてもらうのだが……」

しかしユウちゃんは頑固に首をふり、

「猿で困っていたら昆虫の話が加わって、そして今度はトカゲ？　いいかげんにしてくれ。ああっ、まだ歌ってやがる」

「歌？　誰も歌ってなどいないよ」

「子供の頃によく聞いたコマーシャルだ。カステラ一番電話は二番三時のオヤツは……」

ユウちゃんの目は血ばしって宙をさまよっていた。私は声をひそめて言った。

「もう若い世代の悪口を言うのはやめよう。おたがい様なんだよ」

ユウちゃんはムッとした表情になった。

「若い世代との烏合か？　お前ひとりで烏合でもウガイでも何でもするがいい。俺は嫌だ。今からだって駅へ行ってみろ。ホームの乗車位置に立っていても、電車が到着すると、横から歩いてきた若猿が先に乗ってしまう。こっちは降りる者がホームに出てから乗るから座れやしない。座席に座ったとしても、各車両に必ず何人か化粧している猿娘がいる。化粧なんて洗面所でするものだ。車内のしかも人前で、平気で小便されてるようで不愉快きわまりない。俺はひとりでも闘うぞ」

こう言いながら、ユウちゃんはどんどん興奮してくるようだった。この興奮がさらにたかぶると、周囲の誰かに害をおよぼすほどになるのかもしれない。

「でも、実際に私は頭の病気が治ったんだ。さあ来い」

　私はユウちゃんの腕をつかんで引いた。だがユウちゃんはそれをふりはらって、

「乱暴はよせ、オランウータン」

「オランウータンだと？」

「分かってるぞ。俺のせがれのゴリラに頼まれたのだろ？　ははあ、今までのはすべて嘘だな。俺と同じ病気のふりをして近づき、うまいこと言ってだまして病院に放り込む計画だろう。だまされないぞ、オランウータンめ」

「分かった、乱暴しないから気を鎮めて」

　しかしユウちゃんはますます興奮して、

「宇宙人だと？　お前は俺をだますために仮病を演じたのだ。あやうくだまされるところだったよ。もう嘘で調子を合わせてくれなくてけっこうだ。俺は自分のなかに残っている正気を俺ひとりで守りぬくぞ」

　ユウちゃんの声が大きくなって、周囲の人の目がこちらをいぶかしげに見ていた。ユウちゃんはそれらの視線をはらいのけるしぐさで、あるいは子供らの歌という幻聴をふりはらう動作で、その場から走りだした。少し遅れて私も追いかけたが、意外にユウちゃんは健脚で、追いつくことができなかった。

ユウちゃんの姿を見失った私は、子供のころの記憶をたよりにユウちゃんの家を探そうとしたが、ここだと思う場所には大きなマンションが建っていた。昔の光景など跡かたもない。ユウちゃんはどこか近い場所に引っ越したのだろう。

私は途方にくれ、しかたなく家に帰った。そして何くわぬ顔で離れの自室にこもったのだが、地球脱出という目のくらむような明日の冒険を考えると、興奮してなかなか寝つけないのだった。行った先の文明はどんなだろうか。地球と同様の山や海があるのだろうか。などとあれこれ考えると、不安がないと言ったらウソになるが、遠足前夜の小学生のようにワクワクしてきたのである。

ところが翌日の昼少し前。いよいよ決心して自転車で川の土手に向かう途中で、まるで待ち伏せしていたかのようなユウちゃんに会ったのだった。

「やあ、スットコ。嬉しそうだな」

ユウちゃんは手に鏡と布のガムテープを持っていた。

「すばらしいところへ行くからな。君ともこれが最後だ」

こう返事して自転車を停めると、ユウちゃんは鏡のほうを胸ポケットにしまい、ガムテープをくるくるもてあそびながら、

「つまり、昨日の話は本当だと言うのだな?」

「そうさ。嘘なんか言うものか」

「そうか。本当だったか。……おめでとう」

「ほう、信じるかね」

ではユウちゃんをつれて行って、出発前に頭の病気を治してもらおうか、と私は考えた。ユウちゃんの場合も、松果体という部分を不思議な腕時計で一撃すれば簡単に治るにちがいない。するとユウちゃんは私の背中を見て、

「服の背中が汚れているよ。せっかくの旅立ちがだいなしだ。どれ、汚れを取ってあげよう」

こう言って私の腕をつかんだ。されるままになっていると、シュッとガムテープをのばす音がして、あっと思う間もなく私の両腕は後ろ手に縛られてしまった。

「何するんだ」

するとユウちゃんはガムテープを二十センチくらいにちぎり、私の口に貼ってしまった。

「悪いね。代わってもらうよ。昨晩ね、家でとうとう老人養護施設の話をきり出されたんだ。近頃はもの忘れがひどくて、昨日も頼まれていた買い物を忘れて帰ったんだ。本当は買い物どころではない状態なのだが、息子夫婦は俺の苦労なんか知らないからね。いよいよ認知症が本格化したと判断したらしい。でも考えてみると俺は幼い

頃、三つ違いの弟が生まれたとき、親の手間をはぶくために保育園に通わされたんだ。当時の保育園は子供の扱いが雑だったよ。今という時代の老人施設だって、誰がなんと言おうと俺には同じ強制収容所なんだ。俺はもうあんな厄介ばらいはごめんだ。スットコオランウータンよ、お前はまだ家で自由に暮らせるのだから俺ほど悲惨ではない。三度の食事はまともに喰ってるだろ？　俺なんか仲間はずれ同居だから、毎晩カップラーメンでラーメンライスさ。代わってくれてもいいだろう？」

待ってくれ、と言おうとしたが、口に貼られたガムテープがしっかり顎の動きを封じてしまっていた。ユウちゃんは私から自転車を奪い取って、猛烈な勢いで走って行った。私はテープで縛られたまま不自由に走って追いかけた。

川に着いて土手を登りきると、グラウンドの上空に銀色に輝くＵＦＯが来ていた。その真下に自転車を乗り捨てたユウちゃんが立ち、ＵＦＯに向かってしきりに手を振っていた。小さいな、と私はＵＦＯの大きさに驚いた。上空に浮かんでいるから正確には分からないが、直径はバスやトラックくらいしかない。あるいはどこか見えない上空に母船がひそんでいるのかもしれないが、そもそも地球潜入研究員が昨日会った彼女ひとりきりという話を思いおこすと、このトカゲ宇宙人の予算規模が貧乏くさく思えてくる。それとも地球の野蛮な文明なんぞ、調査対象としてその程度の価値しかないということなのだろうか。

私は土手を走り下りようとしたが、両手を後ろに縛られているために転んでしまった。土手を転がり落ちて草葉のなかから仰ぎ見ると、UFOから一筋の光がユウちゃんにあてられているところだった。七十メートルくらい離れていたろうか。ユウちゃんもUFO内の乗員も、私の到着には気づいていないようだった。叫ぼうとしたがガムテープでうなり声しか出せなかった。ユウちゃんは光のなかにさっそうと立って、人気歌手がスポットライトをあびて歌っているみたいに見えた。そして次の瞬間にはもう光の筋は消え、ユウちゃんの姿も見えなくなっていた。UFOは高速で空高く浮かびあがり、銀色の点になってすぐに消えてしまった。それが私がユウちゃんを見た最後だった。

こういう事があってしばらくの間、私はユウちゃんをひどく恨んだが、しかし日が経つにつれて、だんだん別の考えが心を占めるようになってきた。あれで良かったのではないか、という思いが強まったのである。どういうことかと言うと、ユウちゃんは家族から老人養護施設行きを否も応もなく強くうながされていた。いわば崖っぷちに立たされていたのである。考えに余裕がなかったから、私といっしょに二人で宇宙の別世界に行く、という選択肢に思い至らなかったのだ。今にして思えば、ふたり連れて行ってくれと交渉してみる価値はあったろうと思う。だがユウちゃんの心はつんのめっていたのだ。周囲の人たちがみんな猿に見えるという不快と苦痛は私にはよく分かる。しかも家族の手によって家から離され、施設という見知らぬ猿たちのなかに放り込まれる不安はそうとうキツイものだったろう。ユウちゃんはひとりの高齢者として、悲しく淋しく追いつめられていたのだ。

だから今、私はユウちゃんの幸せな異国生活をけれんみなく空想するのである。例の腕時計型の不思議な機器を腕にはめてもらい、奇妙な歌声が聞こえてしまうという不都合も解決してもらっていることだろう。周囲の者たちはみんな正常で美しい人たちですよという強い暗示を、自身に魔法のごとくかけながら、多少の不自由はあっても珍しい客人としてもてなされ保護され、ほがらかに暮らすユウちゃんの幸福そうな姿を。

鵜原

針のムシロという言葉がある。四面楚歌だとか、焼けたトタン屋根の猫とかも言う。私はどこまでもいつまでも追いつめられてゆく日々で、生きてゆく自信を失いかけていた。とはいえ眼前に、万人首肯する深刻な大問題が立ちふさがっていたわけではない。ただ国民健康保険の振り込みができなくなったから、通っていた歯医者に行かなくなったとか、近所で不幸があって香典を捻出するため、フリカケひとつを数日間のおかずとしなければならなかった、というケチな不都合が続いていた。国保の負担金や住民税は前年の収入から算定されるから、収入減の段差をまたぐとき、貯金のない新参高齢者は谷底に突き落とされるのである。私は酒も賭博もやらない無色透明な独身老人だが、売れない自費出版を繰り返すキリギリスだから、いつだってみごとにスッカラカンなのである。

人の心には物事を引き寄せる磁力があると言われている。世間ではそういう法則を教える本がそこそこ売れているようだが、それに指南されているごとく金を引き寄せているのは、本の書き手と出版社ばかりだろう。私のような筋金入りの貧乏人は、潜在意識の奥に貧乏根性が刷り込まれているので、額に青筋たてて収入増を念じても無駄なのだ。意識は潜在意識に完敗するのである。

かつて太宰治が友人に語ったところによると、道路でキャッチボールしている人の横を歩いていると、たいていボールが太宰に当たるという。わざとぶつけるのでなく投げる者の手もとがタイミングぴったりに狂うのである。「来るぞ来るぞと思っていると、ドスンと背中に当たるんだよ」と太宰は苦笑しつつ語ったそうである。私も同様な経験が豊富で、最も悲惨だったのは、中学一年の初夏のことで、校庭の桜の木に大発生したアメリカシロヒトリの毛虫の一匹が、校舎の壁をつたって窓辺にあった私の席めがけて這ってきたときのことである。突然に目の前に現れた珍客に私はびっくりした。手を伸ばせば触れられる距離である。授業中の私は侵入者を入れまいとしてとっさに窓を勢いよく閉めたのだが、窓枠を通過しかけていた毛虫は挟まれてつぶれてしまった。毛虫の生体的ナカミはいくつかの飛沫となって飛び散ったのだが、そのなかで一番質量豊かなものが遠く飛んで、たまたま口を開けていた私の下唇に命中したのである。なんという偶然だろう。窓を閉める力加減と毛虫の位置、飛ぶ方向と弾道放物線、私の座高と姿勢、すべての条件がそろわないと実現しないアクシデントである。こういう些細ではあるが悲惨な出来事が、私には常につきまとっている。

先日は職場（私はマンション管理人である）で履いている靴がとうとう壊れたので、犬の顔みたいに開いてしまったつま先を接着剤で直して黒マジックを塗ってごまかしていたら、雨のなかの巡回で無残にほぐれてしまった。接着剤が水溶性だったのだ。乾燥すると硬化して透明になっていた薬剤は水に触れて白い寒天みたいになり、靴先は再び犬が笑っている格好になってしまった。ちょうど給料日になったし、しかたがないので、王子駅近くの裏通りにある靴屋をのぞいてみた。その店では扱う商品全体が安いのだが、さらに安い特売品が店の外に山積みになっていた。これなら冠婚葬祭に履いて行けると思われる黒靴は、革を模した薄いビニール製で、買って帰って箱の能書きをよくよく見ると、メイドイン○○という東南アジアの国名の下に、黒ボールペンの小さな文字でＨＥＬＰと書いてあって、私はその稚拙な文字に胸を突かれてしまった。以下は私の勝手な空想なのだが、東南アジア某国の貧しい少年が、学校をやめて働いている流れ作業の合間に、検品の目をかいくぐって発信したメッセージではないかと思われたのである。ぶっ続けの単純作業にめまいをもよおしながら、工場の少年は誰にともなく「助けて」と叫びたかったのではあるまいか。手を休めると鞭うたれる十九世紀の植民地ほど悲惨ではないが、自発的就労であり欲得がらみの学業放棄の身であるから怒りの向け先がない。自業自得なのである。働かずに遊んで喰いたいわけではないが、それにしてもなぜ、労働はこんなにも退屈で疲れるのだろうか。少年はひたすらに渋い人生の味を噛みしめる。

　こういう事柄を想像するからといって、さらには自分が貧しいからといって、私は世間や裕福な他人を恨むつもりはない。環境や物事はすべて引き寄せの法則のままに自分の潜在意識が用意するのだと考えるから、自分の頑迷な潜在意識に腹を立てるばかりである。人間はみんなしぶといから、ＨＥＬＰと書いた少年は翌日になれば何事もなかったように作業を続けるだろうし、新しい靴を履いた私は明日もまた巨大マンションの敷地内を巡回して歩くのである。いつものコースを歩くのであるから、楽しいことなど何もない。自分の余生はどんどん残り少なくなるというのに、なぜ私はこんなところでこんなことをしているのだろう。他人に向けられない苛立ちは、内向して重たい無力感となって意識に垂れさがる。ＨＥＬＰと書きたいのは私のほうだ。

　そこでとうとう、というか突然に、私の心のなかで何かがはじけたのだった。無力感が運命への復讐心に裏返った、と言えるのかもしれない。意を決した私は銀行に行き、通帳残高から端数を残した全額を下ろし（と言っても十数万円）、前後のみさかいもなく旅行に出たのである。ヤケ酒という言葉があるが、さながらヤケ旅行である。何も考えてなどいなかった。死んでやろうという決心もなく、生きる場所を探すという姿勢もない。頭脳の活動を停止したヤケクソの行為なのである。

ところで私は新調のＨＥＬＰ靴を履いて旅立ったのだが、靴底の貼り合わせ工程の段階で、右足裏の土ふまずに薄っぺらい空気室ができているようで、都会の雑踏を歩いているぶんには何の音も耳に入らなかったのだが、喧騒のない静かな土地に来てみると、歩みにつれて微妙に空気室をつぶし、なさけない音を生じさせていることに気がついた。当初気づかなかったのは、履き始めには不完全だった空気室が、歩いているうちに調整され完成したとも考えられる。ひところ流行した幼児用のプウプウサンダルの音を、怪しく小さくした音である。その音のおかげで母親は井戸端会議に熱中しても、子供の所在をつかんでいられるのだが、いい歳をしている私の場合は異様である。静粛な場所ですれ違う人が、疑わしい目で振り返る。さらに厳密に言うと、幼児のサンダルの踏み音はプウプウだが、私の靴底の空気室は右足だけなので、歩行音はプウスカ（左）プウである。すれ違う人に向かって、屁ではありませんよ、といちいち弁解するわけにもゆかないが、安く買った代物であるから靴屋に苦情も言えない。

房総半島の勝浦から鴨川方面に向かってすぐの鵜原という小さな漁村に、地味な古びた旅館が細々と営業していた。夏場は混雑するらしいが、三月末の平日は街を歩いてもほとんど人影がない。あいにく小雨が降って寒くもあり、街は灰色にくすんで活気を失っていた。海沿いの丘陵を登ったところに海の眺望秀逸な岩場があって、理想郷という名がつけられている。石段を上ってゆくと、突然に空と海ばかりの広い視界が開けるのである。かつて若かった私はここからの絶景に感動したものだったが、今はただ寒いばかりで人影もなかった。昔の自分は青空に深く息を吸いこみ、水平線に向かって青年らしい漠然とした希望と不安を思ったものである。観光シーズンでもないし、今日はこんな天候だから誰も来やしない、と思っていたら、私の後からひとりの爺さんが姿を現した。私同様に傘を持たず、雨に濡れながら弱々しく歩いている。話しかけられでもすると厄介なので離れていると、近寄るでなく遠ざかるでなく、妙にぐずぐずした振る舞いである。断崖上の手すりから上半身をのり出して眼下に渦まく波を覗きこんだりしていた。目障りな爺さんだなと思った。私の見ている前で身投げするなよ、と心のなかでつぶやいた。そんな心配が心に浮かぶほど、見た目に貧相な爺さんだった。雨はやまず、もうそろそろこんな場所から退散したいのだが、街へと戻る階段は貧相爺さんのむこうにある。私は間抜けなプウスカ音を貧相爺さんに聞かせたくはなかった。先方は軽薄な私と違って、シリアスな悩みをかかえているかもしれないではないか。異音を発するいまわしい空気室は右足だけなのだから、その着地をつま先だけにとどめれば、なさけない音は防げるのだろう。そう思って歩みにくふうを試みると、その姿はズボンのなかに小便をもらし、たまたまチンポが右にうなだれていたために右内ももだけ濡らしてしまった、というような怪しい歩きかたになる。これは注目されたらプウスカよりも恥ずかしい。などと余計なことばかり考えて出発がはばかられた。爺さんのほうも高所恐怖を実感したのか眼下の海を見なくなったが、進むでなく退くでなく、なかなか帰ろうとはしない。状況はこう着し、どちらが先に退散するか根くらべのようなかたちになった。

煙草を三本も喫って爺さんばかり眺めて飽きたので、とうとう私のほうが先に石段に向かった。アイデアがひらめいたのである。貧相爺さんの数歩手前でオヤッと右の靴のなかの小豆ほどの小石に気づき、当該の靴を脱いでポンポンと逆さに振りながら爺さん前を通過する。かような演技を自然に示すなら、右側つま先歩きも納得されることだろう。つま先が湿るのもかまわずに私は小石取りを熱演し、首尾よく爺さん前を通過してプウスカを察知される範囲を逃れた。石段途中で振り仰ぐと爺さんも下りはじめていた。私はあわてて歩みを加速したが、内心やれやれと安堵した。貧相爺さんは身投げを思いとどまってくれたらしい。下り階段は体重のかかり方が平地と違うようで、プウスカ音はひときわ大きく鳴り、私は逃げるように先を急いだ。

宿にたどりつき、帳場で風呂は十六時からと言われたので、陽に焼けた畳の部屋の窓から海岸を眺め、茶ばかり飲んでぼんやりと一時間ばかり時間をつぶした。廃船なのか古びた小さな漁船がいくつも浜に並べられていて人影はなかった。雨はいつのまにか止んでいて、一羽の鳶がゆっくりと滑空していた。ただ一羽のみで他の個体は見られない。若い頃に来たときにはもっとたくさんの鳶が空に舞っていたような気がする。海岸で子供が菓子など手にしていると、急降下してきて奪い去るという話を、当時の民宿の親父に聞いたおぼえがある。だから都会のカラスのように海辺ではありふれた鳥だったはずであるが、こうも少なくなると保護鳥になっているかもしれない。

待ちきれなくなって二十分くらい前に浴場に行ってみると、入口横の廊下の壁に、下手な手書きのマジックで「マッサージ三十分二千円」というA４の掲示紙を貼り出している男がいた。白髪頭を丸刈りにしてよれよれの白衣を着ている。私よりいくつか歳下に見えた。

「風呂、もう入れますか？」

尋ねると愛想よく笑って頷いた。古いタイルの風呂場は広くもなかったが、他にまだ誰も来ていない。ゆっくり湯につかって風呂を出ると、さきほどの男がマッサージの掲示紙の下に折りたたみ椅子を置いて腰掛けていた。

「だんなさん、マッサージいかがですか？」

声をかけられてつくづく眺めると、客の少ない旅館の廊下にじっと座っているらしいのが気の毒にも思え、値も安いので頼むことにした。

「とくに凝っているとか痛いとかはないんだが、ひとつお願いします」

何日も客がなかったのだろうか、男はおおげさに喜んで部屋についてきた。私が一服していると手早く敷布団を敷いて腰を下ろして待っている。さっそくに揉んでもらった。

「オフシーズンで客が少ないようだね」

　私が言うと、

「この時節は水族館や花畑のある街に観光客を取られますんでね。海を眺めるだけのここはだめですよ」

　こう答えて揉む按摩の腕はけっこう良さそうだった。

「夏場はここも混むだろうね」

「それはもう」

　男は嬉しそうに言い、さらに言葉を続けた。

「この旅館も夏場から秋にかけての稼ぎでやっていけてるようなもんで、夏休みともなると子供連れの海水浴客で大混雑ですよ」

「そうか、そんなに混むか」

「それでね、これはあんまり大きな声では言えないんですがね、……じつはこの旅館は混雑がひどいときは従業員がいつの間にかひとり多いことがある。不思議なんですよ。ところが頭数を数えてみるとちゃんとした人数に戻っている。おかしいと思いながらも、旅館業というものは忙しさにまぎれてしまうのです。大食堂でお客さんの食事のお世話をする一方で、その間に各部屋に布団を敷いてまわらなければならない。いろんな用事が同時進行で次々にめぐってまぎれてしまうんですね。まあその不思議な手伝いのおかげで、仕事がはかどって他に害がないのだから良いではないかということになって、ウヤムヤになってしまうのです」

「いつの間にか働き手がひとり増えるって、座敷童（ザシキワラシ）みたいだね。その座敷童というのは、あんたのことじゃないの？」

私は冗談のつもりでつい口にしたのだが、そのとたんに肩を揉む手が止まってしまった。手の静止はほんの一瞬で、すぐまた何もなかったかのように揉みだしたのだが、そうした微かな反応に、かえってこそばゆさ混じりの怖れを感じてしまった。すると男は憮然とした声で、

「座敷童は見た目にかわいい子供ですよ。私なんざただのデクノボーです」

こう言って揉む手に力がこもった。しかしすぐに話題を転じてこう訊いてきた。

「理想郷の眺めはご覧になりましたか？」

「まだです。明日の天気が良かったら行ってみようかと思っています」

さきほど雨のなかを歩いて行ってきたのだが、面倒なので嘘をついた。すると男は、

「あそこからの眺めは抜群ですが、ひと頃は身投げ岬と呼ばれていましてね、私の若

い頃はしょっちゅう火の見やぐらの半鐘が鳴っていました。女子高校生がとび、借金中年がとび、悲恋の若いカップルがとび、ノイローゼの按摩がとび……」

話を聞きながら私は考えていた。時期はずれのひとり旅で怪しくとぼとぼ歩いている私も、その種の人間ではと疑われているのではあるまいか。男の言葉は続いていた。

「今でも当時の《ちょっと待て、もう少し考えろ》という看板が目障りなくらい立っているのです。さらには地元の高齢者が交代のボランティアで見まわって、怪しいそぶりの者には声をかけることにしまして、その種の事件はなくなりました」

なるほど、と私は納得した。昼間見た爺さんはそういう役目の者だったのか、と私は気がついたのだった。つまり私とその爺さんと、ふたりの年寄りが雨降る断崖上で互いに相手の身投げを警戒し、息をつめていたわけである。私は訊かれてもいないのにうわずった声で今さらに、

「私はだいじょうぶですよ。海にとび込んだりしませんよ」

すると男は笑って、

「分かっていますよ。あなたは粘りを失っていない。だんなさんの首が凝るのは、頭が重いからですよ。誰の頭もボウリングの球くらいの重さがあります。それに加えてなやみや恨みを引っぱりこむと、頭はますます重くなる。うつむいてはいけないので

す。少しの角度でも、一日中うつむくと、首を傷めるのです」

確かめるように手のひらで私の首を押し、続けて言った。

「昔は按摩というと目の不自由な人の職業でしたけれど、この私は目がよくってね。理想郷にはよく海を眺めに行きますよ。そうして水平線を見ているとね、谷川俊太郎という詩人の言葉を思い出すんです」

「ほう、どんな言葉だろう?」

私が興味を示すと男は静かな透きとおった声で、

「海に発したいのちゆえ、盲のように海を見る」

知らない詩なので私が黙っていると、男が解説をはじめた。

「黙ってじっと海を見ていると、永遠というものが見えてしまうのですよ。永遠や無限が見えるとき、人は盲のようにただ立ちつくすばかりなのです。永遠というものに圧倒される者は永遠を浴びるのです。鮮烈で高貴な孤独感を表現していますね。宇宙的郷愁……と誰かが言っていました。私たちの孤独感というものは胸のなかで輝く宝石なのですよ。それともうひとつ寺山修司の短歌を思い出します」

「それはどんなのだね?」

私がつき合い良く興味を示すので男はさらに嬉しそうに言葉を続けた。

「マッチ擦る　つかのま海に霧深し　身捨つるほどの祖国はありや」

私はこれも知らなかった。男がこれにも解説を加えて、

「眠れない夜更けに海岸に散歩に出た青年が、煙草を喫おうとして立ち止まり、シュッとマッチを擦る。その瞬間に深い霧が照らされて青年を包み込むのです。闇のなかでは空間はただの闇だったが、マッチの燃えるほんのひとときに茫漠とした底知れぬ広がりを見せるのです。昨日までは国民みんながお国のために命を捨てる覚悟であったのが、敗戦と同時に世間は民主主義にうかれだしている。食い気も色気もガマンして死ぬことばかりに猛進していた愛国青年は、肩透かしをくらうごとくにはぐらかされてしまった。この喪失感を政治的に言うのではない。置き去りの自分を包んでいる霧の深さと波の音。ここにもみごとな永遠があるじゃないですか。味わっても味わいきれない悲しみが見える」

　なんだか詩の講義じみてきたので私は皮肉をこめて男に言ってやった。

「あなたも詩人ですね。感覚が鋭そうだ」

　すると男はますます上機嫌になって、

「北原白秋にこんなのがあります。ひとりでいると淋しいけれど、ふたりになるとなお淋しい。……近頃は速読がはやって私なんかも棒読みして頭脳が字づらを素通りしてしまいますが、詩人の村野四郎が詩とは何かを説明するときに引用した言葉なのです。ひとりの淋しさなんざ誰でも知っていますが、恋人でも細君でも誰かを熱烈に愛

すれば愛するほど、こちらの心に深まってゆく淋しさというものがある。だからますます相手を愛する。すると淋しさのほうもますます深まる。詩とはそういう真実の深みの発見なのだと言ってますね。ひとりの淋しさなんて、風呂のなかで溺れてるみたいなだらしないものです。ふたりの淋しさは海の広さに溺れているせつなさです。海の広さ深さ……ああ、これも永遠だ。孤独感というのは宇宙的郷愁の入口なのです。人の精神が淋しさによって永遠に触れると、それは宇宙的郷愁になる。詩とは永遠なるものに向かって旅立つ行為だ。詩人とは言葉を失う一歩手前で踏みこらえている精神の旅人です。詩とはたった一行の言葉に何時間でも何日でも立ちつくすことだ。速読なんざ屁みたいに軽薄なもんです」

男の話はだんだん熱を帯びてきた。調子にのると口角泡を飛ばす勢いというやつかもしれない。しかし私はこんな男の素性に興味を持ちはじめていた。

「そういうあなたはなぜマッサージ師なんですか？」

私がたずねると男はこんなふうに語りだした。

「もとは学生時代に、背中が痛いと言う母の背をさすって治したのが始まりなんですよ。運動部だったもので、ある時に疲れてただ手をあててるだけだったことがあったのですが、手をあてられている部分が熱いと母が言い出して、そうして背中の痛みがなくなってしまったのです。それで自分の不思議な能力に気づきました。近所の年寄りなんかを相手に治療の真似をしてみますと、長年の痛みがやわらいだり医者が匙を投げた病気が治ったりしました。それでいろいろ考えて悩みもしましたが、苦しんでいる人を助けようというふうに気持ちがかたまりまして、……ただし医業類似行為の禁止という法律があってあやしい商売はできないので按摩の学校に通い、免許証の交付を受けて自宅で開業しました。押す揉むなどの手技によって健康機能を活性化させる療法というわけですね。もとより派手なことをするつもりはありませんでした。人助けしながら細々と生活できれば良しと考えていたのです。ところがある程度評判が良くなってくると、同時に病気というものの奥深さを知ることになりました」

男はここで一度言葉を切って何か思い出しているようだった。

「何かあったのですか？」

黙々として肩の同じ部位ばかり押しているので、私が声をかけると我にかえったように言葉を続けた。

「たとえばこんなことがありました。ある婆さんの痛風がね、病院に通っても治らなかったものが私の治療でけろりと治る。ところが半月もするとまたひどい痛みが起こるのですよ。それから突然に耳が聞こえなくなった奥さん。耳鼻科で検査しても何の異常もないというので内科で診てもらってそれでもだめで私のところに来まして、そしたらすぐに耳が聞こえるようになったのですが、これまた半月しないうちにまた聞こえなくなってしまいました。どうしたものかと考えてよくよく本人に話を聞いてみますとね、意外な事実が分かったのです」

　私は話に引き込まれていった。

「いったいそれらの病気は何なのでしょうね？」

「痛風の婆さんはひどい嫁いびりだったのですよ。だから私が治しても、元気になって家で再び嫁を虐めだすのです。すると婆さん自身の魂または心の奥の何かが、嫁いびりにブレーキをかけようとして婆さんに相手の心の痛みを与えるのです。耳が聞こえなくなった奥さんにしても、夫の浮気を知りながらそれに気づかぬふりをして安穏な生活を続けようとしていたために、やはり奥さん自身の魂だか心の奥だかがブレーキをかけていたのです。これらの例のごとく、病気の原因が本人の生きかたにあるとしたら、バランスの崩れを正そうとして病気が発生しているとしたら、苦痛を取り除いてやりたいという治療は、善意が表面を撫ぜているだけで根本的には間違っているのです。その人の魂の方針を邪魔することは誰にもできません」

「なるほどね」

　私はあいまいな相槌しかできなかった。

「私の治療にしても大学病院の手術にしても、所詮は健康のリセットにすぎないんだ。コピー機だって紙詰まりを放置してリセットボタンを押したって動きゃしないんですよ。大事なのはリセットされているときに病人本人が考え方や生き方を改めるということです。病気というのは天が与えるリセットの機会なんです。考える時間が与えられている、と気づかなければ本当の健康は回復しません」

こう言って男は私の肩を軽くぴしゃりと叩いた。終了の合図らしかった。私は起きあがって窓辺で煙草に火をつけた。男は畳に座ったまま私を見上げて言った。

「けれども世のなかには、さんざん嫁いびりしても何の病気にもならない姑がいます。それは嫁の側に、いじめられることによって得られる貴重な体験がある場合です。だから人生は複雑で難しい」

「人生に勝利はない、と言った人がいますね。勝つなんて不可能だと。誰でもいつかは負けることになるんだ」

こう言いながら、私は若い頃に読んだ坂口安吾の言葉を思い出していた。人間は闘い続けるか負けるかのふたつにひとつしかない、といういかにも無頼派らしい言葉である。少しでも気を抜けば終わりだ、だから負けないためには、常に全力で戦っていなければならない、という悲壮な精神姿勢である。私もまたそのように考え、必死に闘って生きてきたのではなかったか。そして年老いてしまった今、とうとう力つきて倒れようとしていたのではなかったか。

すると男は大きなため息をひとつ吐いて言った。

「そうです。私も高いところから落ちて気づきました。ドングリの背くらべで生きているると、勝つことなんてできやしません。人生にはひたすらに和解が必要なのです」

「それは、他人との和解ですか？　自分との和解ですか？」

私が問うと、男はあいまいにひとりごとめいた返事をした。

「争いでなく和解がある。決して風雨に逆らわず吹かれるまま降られるまま。それを知ることが、人として生きる者の究極の悟り」

和解とは何だろうか、と私は相手の話からはぐれそうになって考えた。そしてなぜだか、中断している歯科医院への通院のことを考えた。その治療のそもそもの発端は、半年以上も前に、豆腐を食べている時に奥歯の一本が欠けてしまったからなのだが、歯科医はその欠けた部分の治療が終わっても、さらに次から次に、痛くもない悪い歯を見つけだして私を解放してくれなかった。歯科医の側にはもっともな正論があるのだろうが、私としては罠にはまった思いがあり、半年たっても先の見えない通院にうんざりしてしまったのだ。それにしても豆腐で歯が欠けるとはお笑いだ。綿でケガをする者もある、と言ったのは太宰だが、私は豆腐で負傷したのである。

私は少し投げやりな気持ちになってこう尋ねた。

「最後の最期に賭けがあるんですか？」

するると男はムキになって、

「賭けとは違います。賭けには確信というものがない。確信のふりをすることはできますが、人目を欺くことはできても自分は騙せない。悟りは確信です、呑むものは呑みこまれる。呑みこまれるものは一切を呑むものとなる」

話が難解になってきたので私は腕組みして考えながら言った。

「何かを確信したとして、それが本当の確信なのか確信のつもりなのか、自分で分かるのだろうか」

するると男は、

「私が自分のことをデクノボーと言うのは宮沢賢治の影響です。あの《雨ニモマケズ》は誰もが知っていますが、同時にまた多くの人が誤解しています。雨や風に対して毅然としてうち勝つのではない。降られるままに濡れ吹かれるままによろけるのです。確かにデクノボーは何者にも負けません。それは誰にも勝とうとしないから無敵なのです。無敵ではあるがびしょ濡れでヨロヨロしていて格好悪いのです。でもこのことは、私が押したり揉んだりしている人間の体と同じです。緊張はそれが必要な一瞬だけで良いのです。皆さん緊張しすぎるんです。ふだんはだらんとして、くつろいでいれば良いのです。無用にいつまでもリキむ者は自らを傷めて自滅する。現代人は格好良く生きようとして闘いすぎるのですよ。自分の生と闘い、自分の死と闘い、目に映るあらゆるものと闘おうとする。勝ち負けにこだわる者はいつか必ず負けるのです。勝とうとしない者は負けない。それだけのことです」

「そうですか。おもしろいお話ですが、いさぎよく堂々と負ける姿はいとおしいと思います。私なんかはずっと、負けかかった土俵ぎわの踏ん張り人生ですが、でもそんな人生でも、堂々とした美意識を持っていたい」

異論というほどでもなくこんな感想を私が言うと、

「堂々と負ける者の心中に、もはや負けはない」

妙に力のこもった返事が返ってきた。

「ありがとう。さっぱりしましたよ」

本当にさっぱりした気持ちになって、こう言いながら金を差し出すと、男はにっこりして受け取った。

「ありがとうございます。だんなさんはりっぱに健康体でいらっしゃいます」

私も久しく憶えのないすっきりした良い気分になっていた。かつて母の背をさすって痛みを癒した不思議が、私にも施されたのかもしれなかった。

「いつかまたここに来るかどうかも分かりませんが、お名前を教えてくれませんか」

こう言って尋ねると男は苦笑いしてこう答えた。

「按摩のデクノボーです。そう言っていただければ、ああ、あいつのことだと皆が思いあたってくれます。機会がありましたらまたお呼びください」

こう言って部屋を出かかったのだが、ふと私を振りむいて、

「ヒグラシの別名はご存じでしょう?」

「ええ。カナカナでしたね」

めんくらいながら返答すると、さらにこう言うのだった。

「夏になるとこの土地ではヒグラシがよく鳴くのです。でもよく耳を傾けて分析的に聞くと、鳴き声はカカカと単調になる。機会があったらぜひ確認してみてください。論理的な左脳で聞くと、ナが消えてカカカなのです。しかし右脳を押さえていた知力を緩めると、またカナカナと聞こえる。つまりカの音はなぜだかナという余韻をまとっているのです。そしてカの音は物理的な本当の音だから、各々が分離独立しているが、余韻のナは次に発せられるカがまとうナと分かちがたく溶け合ってつながっている。だからヒグラシはカカカと鳴いているのだが、余韻のナは最初から最後までひとつにつながる。余韻は静寂として人の心にしみるから、右脳で聞く者はヒグラシの鳴き声に永遠というものの気配を感じるのです」

「なるほど、そうですか」

私がぼんやりした返答をすると、男はこう付けくわえた。

「左脳ばかり使って生きていると、ヒグラシに限らず鈴虫や小川のせせらぎや海岸の潮騒など、自然からの語りかけに気づかなくなる。静寂に耳を傾け、目を閉じてもの

を見るべきです。物事には何にでも陰の部分、目に見えない支えがあるのです。そういう支えに気づけば、見えている世界は変わり、精神は強くなる。左脳と右脳、つまり陰陽のバランスがとれれば、人間はなかなか病気になんかなりませんよ」

まじめな表情で言い、そして破顔一笑して男は去って行った。取り残された私は、剣道でふいに面を一本取られたような気持ちになった。

翌日は朝食も急ぎ済ませて旅館を出たのだった。東京の日常に帰らなければならない。自分の人生に戻らなければならない。そういう思いに背を押されながら、帳場での勘定の折に何気なく、

「あの按摩さんは何という人なのですか？」

こう尋ねると、主人はにわかに目の周囲をつっぱらせて、

「こんなオフシーズンの平日に、按摩なんて来ませんよ」

床に筆記具を落として妙に狼狽を見せるので不思議に思い、

「居ましたよ。風呂場の入口に三十分二千円と貼紙して……」

ここまで言って、私は続きの言葉を呑み込んでしまった。主人の手先が細かく震えていたのである。口をへの字にむすんで顔色が蒼ざめてきたようにも見える。何だかよく分からないが、これ以上あの按摩のことを言ってはならないのだと思われた。そ

れで釈然としないまま、私は逃げるように宿を出たのである。

　そして約十五分後、晴天の理想郷の断崖に立ってみた。身投げ当番の年寄りの姿はまだなかった。あらためて調べてみると、何ヶ所か身投げに良さそうな場所があったが、怒涛渦巻く遥か下の光景を覗いて目の眩む思いをしながら、私はこんな場所でとびこまない自分を確信することができた。昨日は変な爺さんばかり見ていて気づかなかったが、身投げに適した場所にはそれを教えるかのように《ちょっと待て》の看板が立っていた。今日の私はこんな看板を見て微笑んでいる。これが昨日だったらどうだったろう。生きてゆくのがつらいという思いと、死にたいという思いの間にある色合いの違いが昨日の自分に分かっていただろうか。自分の心にひどくあいまいなところがあって、私は自分が死ぬために旅に出たのか生きるために旅に出たのか、かんじんなところが分からなかったのである。

　ただ今日の私は昨日の私とわずかながら違っていた。あの不思議な按摩との会話が効いているのか、心の容量が広がっているのである。眼下の渦まく怒涛にとびこむという決心は、全身全霊のこもった決断ではないと思えた。とびこもうと決心するとき、心はただ眼前の恐怖心と押し合うわついた状態になっているに違いない。誰だって自分は死ぬべきだという確信などありはしないのだ。ただ逃げ口としての死に茫漠とした安らぎを求めてしまうだけなのだろう。少なくとも私のような意気地なしが死ぬ場合はそうだろう。生きるか死ぬかの存在論で悩む者は、いつのまにか意図していない別の土俵にたどりついてしまう。しかし死は決して安らぎではない。自殺は何も解決しない。そこには確信というものがない。絶望は抑揚のないモノローグであり、終着点のない呪文めいたモノローグで、座標知れずの迷いに深入りするばかりなのだ。

私は深く青空を吸いながら思うのだった。やはりこの自分は日常生活のなかに戻り、つらい日々の底に手探りで安らぎの糸口を探さねばならない。人は懸命に生きるように創造されているので、ゼンマイが弛むまでは精いっぱい生きなければならないのだ。結局のところ、私は死なない自分を確かめにここまで来たというわけなのだ。

私は理想郷の眺望台を歩きまわった。安靴はあいかわらずプウスカ鳴っている。だが私はその時ふいに、自分の歩みがたてるプウスカの音と、昨日の奇妙な按摩に聞いたカナカナの鳴き声の共通点に気づいたのだった。カナカナのナ音とプウスカのスカは、ともに物理的には存在しないものである。スカは私の意識のなかの間抜けな拍子とりの掛け声にすぎない。けれども実在しないそれらの幻の音が、現実を支えて意味をもたらしているのではあるまいか。こう思った瞬間から、私のプウスカについての恥の気持ちは脱落して消えてしまった。他人に聴かれてもかまわない。変な伴奏をともなって歩く奴、と振り向かれてもいいじゃないか、という思いが強くわきあがったのである。

列車が駅を出てさかんに加速して走っているとき、ふと私は窓外の田舎道を歩く白衣の人物に目を奪われた。あれは確かに按摩のデクノボーだった。晴天の三月末の田んぼ道を渡ってあの旅館に向かっているのだろうか。あるいは理想郷に海の永遠を眺めに行くのだろうか。確かに昨日会話したあの男に間違いなかった。走り去る列車を振り向くでもなく、一瞬のその顔は静かに微笑んで遠いどこかを眺めている顔だった。デクノボーはいつも遠い何かを眺めている。あの男との出会いも心の磁力のなせる業だったろうか。あの男のように平然とした顔で、私も自分の日常に戻ろう。そしてあいかわらずの不運が続くであろう自分の人生を、もうしばらく生きてみよう。プウスカと軽薄な足音をさせて歩んでみよう。……この小旅行は生きかたのリセット旅行だったな、と過ぎ行く景色を見ながら、私は思いに沈むのだった。

果仙

　ずっと昔の大陸北東部の話である。漢族と韃靼《だったん》遊牧民族との境界くらいの険しい山間部に、代々の李氏が治める偽蜀と呼ばれる小さな国があった。いわゆる三国志の蜀とは別物であるから偽蜀というのだが、当の国に住む人たちは、はばかることなく自分の国のことを蜀と言っていた。国と言っても二十一世紀の読者から見れば郡県規模のものである。特筆すべき産物もない貧しい地方であり、街道の要衝でもないから、周辺の大国は顧みることもなく、ただ南西に位置する某大国のみが、韃靼の不穏な消息を知るため、あるいはまた雇われ兵や土木の働き手をあてにして、細々と交流を保っているばかりだった。

　その偽蜀の若き王である猪恩《ちょおん》は、三十六歳の秋の朝、宝物庫が荒されているとの報告で目を覚ました。ふとった腹を揺すって現場に急ぎ、仔細を検分して見れば、鍵をかけていたはずの扉が開け放してあり、南海竜王の胆石と呼ばれる青色の宝石（今で言うサファイア）がなくなっていた。それは大人が親指と人差し指とで環を結んだくらいの大きさがあり、代々の家宝として大事にしていた宝石である。他の金銀財宝は手つかずであったから、賊は最初からそれだけをねらって侵入したものと思われる。朝になるまで誰も気づかず、捜査の手がかりなど何ひとつ残されていなかった。

猪恩は顔を真っ赤にして怒り、さっそくに保安局（警察）の局長を呼び出して、南海竜王の胆石を奪還せよと命じた。

「お前たちの警戒がゆるいからこんな事件が起こるのだ。三日以内にとり戻して解決しなければ、お前など宮廷の便所掃除に格下げだぞ」

局長は真っ青になって保安局に戻り、幹部を集めて事情を話した。

「お前らが寝ぼけていたからこんなことになったのだ。殿下はことのほかお怒りである。二日以内に犯人をみつけて宝を取り戻せ。それができなかったら、お前らみんな馬小屋に配置替えだ」

幹部たちはふるえあがった。猪恩殿下は実兄を暗殺して王位を得たくらいであるから、腹をたてると残忍きわまりない。若い頃の殿下の後見人だった叔父も、宮廷の侍女を追いまわしたのが煩いとて処刑されたばかりである。それで猪恩は天涯孤独の身となったが、家族というものを煩わしがって后候補を探すでもなかった。他人には分からない理屈で生きていて、つい最近も、俺は民を愛しているからと街に公園を造らせたが、半月後にようすを見に行って、ゴミが散乱していることに激怒した。さらに

は水のみ場に犬の糞があるのを見て、

「ここはみんなの公園なのだから、もうみんな使うな。俺は民を愛しているのだ。ここは今から立ち入り禁止だ」

意味不明で屁理屈にもならないことを言って閉鎖させてしまった。

かような暴君が怒っているのだから、南海竜王の胆石はぜひとも取り戻さねばならない。だが目撃者も手がかりも無い怪事件である。誰にその任にあたらせるか、皆が頭をかかえてしまった。

「誰か適任者はおらぬか」

局長が思案しながら尋ねると、部下のひとりが言った。

「馬小屋番の金《キム》はどうでしょう？　他の者はたいてい派閥や人脈があって、貧乏くじを引かせると後が煩わしい。金なら保安局内のはみだし者で誰とも絆が無く適任と思われます」

この意見に皆が賛成して、特別任務には金があたることに決まってしまった。

金は保安局で巡査の職にありついている三十歳の男だが、十年も前に路傍で拾った銭を正直に届け出た折に、馬のせわをする者が無くて困っていた局に採用されたという由来の主である。下っ端だからふだんは馬のせわをしており、人手が入用なときだけ巡査として引っぱり出される雑用係だった。貧しいから嫁に来る者もなく、老いた病気がちの母とふたり暮らしである。そんな金を呼び出して局長はこう命じた。

「長くうだつのあがらぬお前に機会がめぐり来たのだ。ありがたく思え。ただし殿下はお急ぎである。今日一日のうちに宝を回収して来い。できなければ失職して路頭に迷うことになるぞ」

金はかしこまっておおせつかったが、どこをどう捜せばよいか皆目分からない。家に帰って頭をかかえていると、病床から母が心配して尋ねた。

「何を悩んでいるのだね？」

金が理由を説明すると、母はふと思い出して、

「昨夜は痛風がひどくて眠れず、それで夜空を見るともなく眺めていたんだよ。そうしたら突然にね、青く光るものが矢のような速さで西から東に飛んで行った。流れ星なんかじゃないよ。もっと地面に近くて、きれいな緑色だった」

母はまだ六十を過ぎたばかりであるが数年来の痛風で、この病気は手足の指関節が風にあたるだけで痛むという気の毒な症状を呈するのである。外から傷つけられるのでなく、関節の芯から棘がはえるのだからしまつにおえない。金はこのたびの困難な仕事も、万が一にでもうまく解決できたら、褒美をもらって母を喜ばせることができると考えていた。この母の言葉は大いなる手がかりになると思われた。だから漠然とした案ではあるが、さっそくに街を出て東へと歩いたのである。もとより偽蜀は狭い

盆地であるから、どちらを向いても険しい山脈である。山脈の向こうには韃靼人の草原があり、さらに行けば荒地と砂漠である。そもそも今日のうちに解決せよなど無理な話である。東に向かうと言っても漠然としていてどこまで行けばよいのか解らない。どうなることやらと途方にくれながら東へ東へと歩いていると、途中の森の灌木の茂みで、青い美しい蝶が蜘蛛の巣にかかってもがいているのを見つけた。気の毒に思って助けてやると、蝶はひらひら舞ってしばらく金のそばを離れなかった。まるでその蝶に案内されるごとく山奥に入って行くと、一本の野生の林檎がはえている場所に出て、蝶は姿を消してしまった。手入れする者が無いから小枝が多かったが、野猿や野鳥が取り忘れたのか、ひとつだけみごとに大きな赤い実がついている。腹がへってきたところでもあり、手を伸ばしてもぎ取ってかじりつくと、さくりとして妙に歯ごたえが無かった。口のなかに感じるのは皮ばかりである。そこで手にした林檎をよくよく見ると、なんとそのなかは空洞で、太っているのと痩せているのと、ふたりの白髪の老人が碁盤をはさんで熱心に対局のさなかである。金がのぞきこんでいるのもかまわず、ふたりとも盤をにらんで集中しているのだった。その碁盤がまた奇妙なもので、縦横の平面ばかりでなく、高さをも加えた立体で、盤上の宙空にさされた碁石は、金から見ればゴマ粒のように小さなものが置かれるまま静止しているのだった。見ていると一度にひとつの石を置くのでなく、交互に二つか三つを置く複雑な規則があるように思われた。だがここで、金は不覚にも大きなクシャミをして手から林檎を落としたのである。慌てて地面に林檎を捜そうとしたがすでにそれは消え、代わりに碁に興じていたふたりの老人が普通の寸法になって姿を現していた。太っているほうが怒って言った。

「久しぶりに優勢で勝ちかけていたのに、よくもだいなしにしてくれたな」

するとと痩せているほうが笑ってなだめながら、

「まあ、よいではないか。今回の賭けの賞品は天界の仙桃としていたが、じつはまだよく熟れてはいないのだ。次回の楽しみとしよう」

こんな会話から、金はふたりの老人が仙人であることを知り、一歩跳びすさって平伏した。

「そそうをお許しください。野に忘れられた林檎とばかり思ったのです」

太ったほうの仙人はなおもぶつぶつ言いながら、どこへともなく姿を消してしまった。痩せたほうはその場に残って、

「負けそうだったところを思いがけなく助けられた。礼をしよう。何かひとつ望みを言いなさい」

こう言われて、金はこれ幸いに南海竜王の胆石のことを話して望んだ。痩せ仙人は、

「それは昨日の碁の賞品としてワシがもらったのだが、ちょうど姪の青麟の誕生日だったのでな、贈り物にしたのだよ。青麟がよいと言えば、お前にくれてやろう」

老仙人は空に手を挙げて合図したように見えた。たちまち目の前に先ほどの青い蝶が現れ、金の目の前で人間の姿になった。背中の羽はそのままだが、美しい娘の姿である。

「一度手渡した贈り物を戻せとは言いづらいが、この青年が欲しがっている。どうだね青麟」

仙人がこう言うと青麟は歌うような美声で、

「気に入っていましたが、この方のお望みならダメとは言えません」

こう言って懐から宝石を出して金に与えるのだった。金は嬉しそうに受け取ったが、少し考えてから、

「あまり思慮もせずにこの宝石を所望しましたが、望みをひとつ叶えていただけるとのお話、今からこの宝石をお返ししますので、別の望みを叶えてはいただけませんか」

仙人は不思議そうに、

「かまわんよ。何を望む？　山ほどの銭かね？　それとも王になりたいか？」

金は老人の言葉に恐れ入りながら答えた。

「わが母は数年前からひどい通風で苦しんでいます。願わくば母の苦しみを除いてやっていただきたく存じます」

「それだけでよいのか？」

「はい」

　仙人は金の差し出す宝石を受け取ってこう言った。

「その病気を治しても、母親の寿命は残り一ヶ月でつきようとしているぞ。病の痛みはこの世への執着を消すためにも与えられるのだ」

　すると金は驚きながら、

「でしたらなおのこと、最後の日々は穏やかに楽しくすごさせてやりたく存じます。母はもう充分に苦しみましたから」

　仙人はうなずき、

「偉い孝行息子だな。年寄りの一ヶ月の平安のためには自身に何もいらぬか。では帰って母親に会いなさい。ちょうどお前が戻る頃、母は癒えるであろう」

　金は泣いて喜び、家に戻ろうとした。すると仙人が背後からさらに言葉をかけた。

「お前の食いかけだ。全部腹に入れてしまいなさい」

　ふり向く金はさきほどの空洞林檎を渡された。そのとたんに、仙人と青鱗の姿はかき消えてしまった。こんな皮ばかりの林檎など、と思いながら金がそれにかじりつくと、歯にあたる石のようなものがあった。口から出して見ると、南海竜王の胆石だった。

　夕刻になって家に走り帰ると、母は金の顔を見るのと同時に痛みが抜け落ちるのを感じた。金は山での不思議を語って聞かせたが、母の残りの寿命のことだけは口にしなかった。

「母さんが、夜空に緑の光を見たことを教えてくれたおかげだよ」

　金が嬉しそうに言うと、母は痛みの無くなった足の指を不思議そうにさすりながら、

「では早く局に出向きなさい。そんなやっかいなお宝は、早く返してしまうほうがいい」

　そこでさっそく金は局に行き、局長に南海竜王の胆石を渡して山での不思議を説明した。ところが局長は金の話を信じようとせず、

「幸運にも、山道で盗賊が落としたものを拾ったのだろう。とにかくいっしょに殿下のもとへ」

　こう言って金を急がせ、猪恩殿下に宝石を届けたのだった。金はそこでもありのままを語ったが、はなから疑っている局長がしばしば話をさえぎろうとするので、とう

とう猪恩に退室を命じられてしまった。このとき局長をにらんだ猪恩の目には冷酷な憎しみさえ光ったので、局長はうろたえてあたふたと退席したのだった。金は母の寿命の一件以外は隠し立てなく報告した。猪恩は不思議な林檎の話に興味を示し、その地に至る道順まで詳しく尋ねた。

翌日のことである。猪恩は供の者も連れずにすぐ戻るとだけ言い残し、どこかに出かけて行った。不思議な林檎を捜しに行ったのである。小国といえどもすでに王であり、欲しいものはたいてい手に入る身分ではあるが、人の欲には際限がないのである。猪恩はさらなる広い国土と繁栄を望み、宝物庫を新たに増やしたかったのである。

金に教えられた道順をたどると、たしかにその場所に一本の林檎の木があり、たったひとつの大きな赤い実が熟していた。猪恩は近づいて林檎に耳を寄せてみた。かすかに話し声が聞こえる。心躍らせて実をもぎ、がぶりとかじりつくと、はたして中に老人ふたり、金の言うごとく立体碁に興じているところだった。そこで鼻がむずがゆいわけでもないのに故意にくしゃみをして林檎を地に落とすと、ふたりの老人が尋常な背たけになって姿をあらわした。

「はて、今日はワシが勝ちかけの勝負をさらわれる番かのう」

痩せたほうの老人が笑って言い、煙のごとく姿が消えてしまった。残ったほうの太った老人がにこやかに猪恩に語りかけてきた。

「今日はワシが助けられたようだ。ワシもお前に礼をしよう。ひとつ望みを言うがいい」

そこで猪恩は何を願うべきか考えた。ここまでの道のりを歩きながらさんざん頭をひねったのだが、望みが多すぎてまだ考えがまとまっていない。黙っていると、

「さあ、どうした。望みを言うがいい」

催促されてしまった。猪恩は迷った。山のような富。果てしない領地。優れて強い軍隊。絶世の美女。欲しいものは際限なく思い浮かぶのである。そうして悩んでいると、太った仙人が待ちきれなくなってきた。

「なんだ。欲しいものが無いのか。それならワシは帰るぞ。こう見えても忙しい身なのでな」

こう言ってむこうを向きかけるので、猪恩は慌てて声を出した。

「それではお願いします。いまから私が言う三つの願いを叶えてください」

「三つだと？　ひとつと言ったはずだが」

「ですから三つの願いを叶えてくれという、そういう内容のひとつの願いなのです」

猪恩は大まじめに自分の思いつきに固執したのである。殿下と呼ばれて皆にかしず

かれるので、自分のワガママを自覚しないのである。太った仙人は目をむいて怒り、

「分をわきまえぬふとどきな奴だ。思いもよらぬほどの大きな礼をくれてやるから、帰って驚き喜ぶがいい」

こう言って姿を消してしまった。猪恩は相手が怒ったのは気づいたのだが、帰って驚き喜ぶ、という言葉が分からないのだった。ぐずぐずしているのに腹を立てながらも、諸事百般にわたって聡明なる仙人のことだから、こちらの迷いを見通して、最適に取り計らってくれたのではあるまいか。などと考えて戻ることにした。

ところが帰ってみると、どうもようすがおかしいのである。猪恩の姿を見かければ誰もがかしこまって道をゆずるはずなのに、街の者は皆が皆、妙によそよそしい。宮殿近くで数名の部下を引き連れた保安局長に出会ったが、いつものように駆け寄っておあいそを言うでなく、むしろ尊大にふるまって道端に唾棄して行くのである。猪恩の気まぐれな怒りを恐れもしていない。

宮殿に入ろうとすると門衛に、

「何用あってまいったか、用件を申せ」

とさえぎられてしまった。

「犬のえさになりたいのか」

と常のごとく叱ると、逆に門衛のほうがものすごい剣幕で怒りだした。

「ここは殿下の執務しお休みなさるところ。お前のような下賎な者がむやみに立ち入る場所ではない」

あやうくつかみ合いになりそうなところで、内から声がかかった。

「かまわぬから入れてやれ。私もこの者に用がある」

見ると馬屋番の金がりっぱな身なりで立っている。猪恩は金とともに奥の私室に入ったのだった。そうして黙って首をかしげていると、金が言った。

「どうやら事の真相を知るのは私たちふたりだけのようです」

「真相とは何だ？」

「私たちふたりがそっくり入れ替わってしまったのです。どんな魔法か仙術か不思議なのですが、あれっと思ったらこんなになっていて、誰もが前のことを忘れはて、これで当然という顔をしているのですよ。あなたは果仙に会ったのでしょう？　いったいどんな願い事をしたのですか？」

こう言われてようやく猪恩も思い当たり、あらましを金に語って聞かせるのだった。すると金は、

「分かりました。気の毒ですが、これはすぐには元に戻せませんよ」

猪恩は落胆して深いため息をついた。それを見て金は、

「ですが、じつは私も困って途方にくれていたところなのです。こんな生活は私には

分からないことだらけだし、性に合わず退屈で死にそうです。だからこうしましょう。私はあなたを秘書としてとりたてますから、これからいつも私のそばにいて、執務やしきたりなどを教え手伝ってください。有能な秘書はやがて出世して宰相になる。すると王は留守を宰相にまかせて旅に出る。そして遠い異国に客死という知らせが入るが、老いた母しかいない私の血族は絶えているから、跡を継ぐべき者がない。そこで宰相のあなたが王位を継承して元に戻る。どうですか？　数日や数ヶ月では無理がありますが、一年がかりでやってみませんか」

猪恩はこの申し出に一も二もなく同意した。最善の策に思えたからである。

猪恩は幼少からワガママを押し通す性格で、勉学などいいかげんに済ませていたが、こんなふうになってみると、自分でも知らなかったまじめさが滲み出てくるのだった。人は誰でも、やむにやまれぬ機会を得れば自らの過去から脱皮できるものなのだ。その後の猪恩はよく本を読み、年寄りを尊重して教えを乞い、王の秘書として有能な男になっていった。母君が病没すると金はいよいよ猪恩を頼りとし、共通の秘密に生きるふたりは兄弟のように信頼し合った。金は善政をしき、猪恩はよくこれをたすけたので、国は貧しいながらも平和に栄えていった。有能な秘書は宰相になり、王だった頃の横暴さなど微塵も表さぬ人格者に変わっていたから、以前の猪恩についての記憶を持たぬ周囲の人々は、深く尊敬の思いを寄せていた。そうしていよいよ一年が過ぎる頃、他に聞く者のない場所を見計らって猪恩が金に言った。

「あの不思議があってから、いよいよ一年が過ぎようとしています。あのときの話を憶えていますか」

「忘れてなどいませんよ。私はそろそろ旅に出ようと思っています」

返事を聞いて猪恩は表情を曇らせた。

「私は今のままで充分です。と言うより、あなたがいなくなると、私はまた以前のような横暴な自分になってしまうのではないかと不安です」

すると金は笑って、

「進歩成長というものは後戻りしないものです。だいじょうぶですよ。猪恩殿はすでにりっぱな王です。私など最初から飾りにすぎません。こんな私が言うのも変だが、后を探して家庭を持ちなさい。癒されますよ」

こう言ってそれから数日の後、短い書置きを残して忽然と姿を消してしまった。書置きには旅に出るとだけあって行き先や用向きに関する記述はなかったが、最後の一行で猪恩宛にこう記されていた。

「ようやく見つけたあなたのやさしさを、どうか大切に」

そして手紙の脇にひとくちかじった林檎が置かれていた。だから残された猪恩は、金は果仙の弟子になりに行ったのではないか、と思ったのだった。

かくして猪恩は王となり、后を娶り、善政をつくして国はますます発展したのだった。

私のデクノボー論

宮沢賢治の『雨ニモマケズ』は義務教育の教科書にも載っているから、知らぬ者はいないだろう。だが私がこれに心惹かれるようになったのは、中年を過ぎてからのことである。若い頃の私は『雨ニモマケズ』を読んでも、ああそうかい、という興ざめた感想しかなかった。宮沢賢治の別の作品『銀河鉄道の夜』には、高校生時代から読むほどにのめりこんで、初稿から最終稿（それでもまだ未完である）まで何度も読みかえして、何が書き加えられ何が削られたのか追跡していたほどなのだが、『雨ニモマケズ』の眩しい魅力に気づくには、私自身の人生体験が未熟だったのである。好き嫌いは個人の自由だという、読書傾向の問題ではなく、私はただ心が若年の虚無に湿気ていて、『雨ニモマケズ』の言葉を吸収できなかったのである。同様の大誤解は世間に広く蔓延しているようで、ある有名な文庫においては、『雨ニモマケズ』の作品紹介文で「りっぱな人間になれそうもないが、せめて不幸な人を少しでも助けることのできる人間になりたいものだ」と作品の趣旨はこうだと言わんばかりに書いてあったりする。これはとんでもないことで、宮沢賢治は自分の考え得る最高の『りっぱな人間』の姿として、デクノボーを想定したのである。

かつて「雨ニモマケズ」論争というのがあって、詩人の中村稔氏が「こんなのつまらない」と評したのを哲学者である谷川徹三氏が叱って議論になったことがあった。実際この作品は、詩としては比喩の技巧も直感の飛翔も発揮されてはいないから、ツマラナイと言えばつまらないのである。ただしそうなると、では詩とは何ですか、という詩論に踏みこんでいかねばならなくなる。すると今度は、では哲学とは何ですか、という哲学論できりかえされることになりかねない。実際に不毛な議論だったそうである。谷川氏の洞察力には舌を巻くが、詩と哲学は本来なら人間のために合流すべきものであり、それができないのが現代という時代の悲しい貧しさなのだと思う。

エライ文化人でさえこんなであるから、教科書の『雨ニモマケズ』を生徒に教える立場の先生たちも苦労したことだろう。たとえばある現役の先生が書いて告白しているが、「北ニケンカヤソショウガアレバ　ツマラナイカラヤメロトイヒ」（一部改字）の二行について、自分の正しさを守るために闘うことだってあるじゃないか、というジレンマに陥って悩んでしまった。たいていの人はここでつまずくのである。正しいと思っていることを曲げまいと奮闘している場面で、つまらないから止めろと言うのは難しい。しかしこのつまずきの場面こそ、私たちの思索が一段ステップアップする機会なのである。

そもそも『雨ニモマケズ』が発見されたのは、宮沢賢治が没して一年後の偲ぶ会において、弟の清六氏が懐かしい遺品として持ってきたトランクのポケットから手帳が出てきたからであり、その手帳を出席者がまわし読みするなかでの発見なのである。生前に詩として発表されたものではなかったから、これは詩ではなく祈りの言葉であると言う者もあった。宮沢賢治は法華経に強く傾倒しており、そこに記されている常不軽菩薩のように生きたいと念願していたそうである。この菩薩は布教に出向いた先でどんなに誹謗され迫害されても、その相手を悪く言うことがなかった。迫害されても恨まずに相手を思い遣る生きざまは、毎日が自己確認し続ける修行そのものであり、仏教徒の模範であると言われている。議論で相手を言い負かして、表面的な優越感を得ようとする連中とは大違いである。なまじ知恵をつけた者は、とかく言論格闘技で遊びたがる傾向がある。「欲ハナク　決シテ瞋ラズ　イツモシズカニワラッテイル」デクノボーあるいは常不軽菩薩には、見えないものが見えているものと思われる。と言っても、オーラだとか霊とかが見える必要はない。相手の心の別の側面が見える（思いやれる）ということのほうがよほど大事である。

この常不軽菩薩の話は、私にキリスト教の最初の殉教者といわれているステファノを連想させる。ステファノは石打ちの刑にされながら、石を投げる側の者のために祈ったのである。ちなみに英語圏でスティーブという名前は、この聖人に由来しているそうである。

もっと分かりやすい例で言うと、マザー・テレサもまだ無名だったころ、カルカッタの街を歩いていて石を投げられていたという。白人宣教師の手先が獲物をねらうごとくに歩きまわっていると見られたのである。マザー・テレサは投石の相手を憎まず、迫害に耐えて活動を続け、「神の愛の宣教者会」を設立した。飢えた人、裸の人、家のない人、体の不自由な人、病気の人、必要とされることのないすべての人、愛されていない人、誰からも世話されない人、これらの人々のために働くことが目的だった。それでもなお、カルカッタの人々はマザー・テレサが布教目的に善を装っていると疑った。しかしマザー・テレサは孤独な苦悩のなかにある人々に寄り添うことを唯一の使命として行動した。死にゆく相手の宗教を尊重し、ヒンズー教徒にはガンジス川の水を口に含ませ、イスラム教徒にはコーランを読み聞かせ、息を引き取る者の心の安らぎこそ一番大切と考えて活動したのである。言うことを聞いて私と同じように考えなさい、という押しつけがましい説得がなかった。キリスト教に改宗させようとして活動しているのではない、と人々が知るにつれて、彼女はカルカッタの民衆に受け入れられ、その活動は世界に知れ渡っていった。マザー・テレサにとって信仰は心のなかに確固としてあるものなので、ウイルスの感染みたいに人にせっせとうつす必要などなかったのだ。信仰感染の不毛。人の信念は黙っていても心の温かさ涼しさで汲みとられるものなので、饒舌によっては伝わらないのである。

常不軽菩薩は自分を迫害する相手の存在の奥に、今はまだ発現せざる仏性の隠れて在ることを読み取り、マザー・テレサは死に逝く者にイエス・キリストの変装の姿を見抜いたのだろう。表面しか見ず、今ここに見えているものにこだわる者は、相手を紙のように薄っぺらに見ているのである。「今」しか見ない者は「今」に囚われる。「今」のなかに潜む永遠へと目を向ける者は解放される。大事なのはひとりひとりに尊さを見抜くことであり、たとえば今どんなに口うるさい鬼婆になりきって私を迫害していようとも、内面の真実……補助輪つき自転車で母を追っていた彼女の幼年時代の姿を見る意志があるのか、ということだ。見えないものを見る能力とは、霊的超能力などではなくて、思いやりの推察力、愛の想像力なのである。

ここまで読んでなお、自分の正しさを守るために闘うことは必要だ、と考える者は闘うがいい。闘わないと倒れてしまうなら、闘うのもしかたがない。現文明は弱肉強食の社会であり、競争原理で人を幼少時から選別するから、切磋琢磨の場たる学校教育の国語授業で、この一時間だけ競争をやめましょう、でも明日の試験ではまた競争を再開しますから、臨機応変にうまく頭を切り替えてください、とは教師も言えるはずがない。人がこの世に誕生して以来、継続体験するのが「何でも競争」の採点地獄である。人間は競争が好きなのだ。競争も質を高めれば達成感のあるゲームにだってなるが、優劣判定しがたい互角のところで無理に勝敗にこだわるから、地獄が出現することになる。勝敗への過度のこだわりが不幸の原因である。愛のない、つまり遠慮容赦のない者は無明ゆえに冷血の強さを示す。だから日常化する競争は、無慈悲な闘争感覚へとつながってゆく。そういう社会なのである。これしかないという弱者の生きる姿勢ならば、闘争もしかたない。けれども倒れずにもちこたえられるなら、闘争（競争）姿勢は脱ぎ捨てるがいい。そのときあなたは宮沢賢治が歩もうとした道を歩んでいることになる。「アラユルコトヲ　ジブンヲカンジョウニ入レズニ」。これは常不軽菩薩の立ち位置へと歩む道である。弱肉強食という言葉は人間社会の真実を偽っている。本当は悲しい弱肉弱食なのである。

私が子供のころ、アメリカではまだ西部劇がさかんに製作されていた。それらの映画やテレビドラマは日本にも輸入され、私も夢中になって観ていたひとりである。しかしその西部劇はある時期に急に廃れてしまった。それまで単純に楽しんでいた劇の勧善懲悪構図が壊れたのである。怖ろしいインディアンたちの集団が街を攻め、抗戦していた街の住民たちが持ちこたえられなくなる寸前に、遠く騎兵隊の突撃ラッパが聞こえてくる、というドキドキする爽快感が成り立たなくなってしまったのだ。手に汗にぎるあの場面の痛快さは、遠山の金さんがいよいよ刺青を見せてベランメエ口調になる瞬間と同じものである。水戸黄門が印籠を見せるあの瞬間のカタルシスである。ミント味の清涼飲料水みたいに爽やかだ。だがアメリカはベトナム戦争を体験し、逃げ惑う貧しい人たちの悲惨な姿から学んでしまったのだ。自分たちは正義の騎兵隊のはずだった。ところが住民たちは騎兵隊を見て鬼に襲われたごとく逃げ惑う。自分たちは鬼なのか。

勧善懲悪は物事をつごうよく単純化しているから、背景に何が隠されているか疑ったほうがいい。モナリザの絵をみてモナリザに向かって退いてくださいと言った詩人は誰だったろう。見たいのはあなたが背に隠しているあなたの時代の（そして私たちの時代の）荒野です。だから一歩横に退いてください。これはタイムリーでみごとな機知である。ではそれなら……私たちに見えない私たちの背景には何があるのだろうか。私たちの背景では何が起きているのだろうか。それを見つけるのは私たちひとりひとりの役目である。

アメリカは変わった。インディアンはそれまで言われていたような野蛮人ではなくて、土地を奪われ追われた先住民だという、あたりまえの事実が再評価され認識されたのである。英雄カスター将軍は半面においては虐殺者ではなかったのか、と問われだしたのである。インディアンの復権再評価は黒人に対する人種差別の崩壊と同時進行していたものと思われる。アメリカは長い健全化の道を歩みだしたのである。一時的に進歩の反動でエゴを体現する者が大統領になったとしても、歴史の道は戻れない。エゴを動機とする者は他者に対しては強いが、やがて内部崩壊して滅ぶであろう。アメリカ・ファースト……アメリカは今まさに、大きな教訓を学ぼうとしている。

だから現在、娯楽アクション映画で銃を向ける相手はゾンビ集団ということになっている。ハリウッドの苦肉の策というか、引き金を引いても非難されない相手を思いついたというわけである。ただしゾンビ集団相手に銃を撃ちまくる者は、やがて自分もゾンビと同じく冷血で何も考えていない存在であることに気づく。これもまた学びである。

こうして勧善懲悪の娯楽はどうにか生きのびている。日本の水戸黄門や遠山の金さんもマンネリで飽きられたようだが、西部劇のような劇的終焉ではなかった。悪党の手下どもがバッタバタと斬り捨てられるのが敬遠されだしたのだろう。手下という使い捨てのザコキャラが斬り殺される光景は、会社勤めの親父たちには身につまされる情景で、家のローンや子供の養育のことなど考えるとパワハラ部長への忖度やむを得ず、悪玉代官の「かまわねぇから、やっちまえ」の号令が耳に痛いのである。次から次へと斬り倒される手下たち。彼らだって家に帰れば、女房や子供たちがにこにこして待っているのかもしれないではないか。だからこういう単純な勧善懲悪ドラマは消えゆく運命にあり、視聴者の正義感をほっとさせる代用劇として、今は刑事もののドラマが流行っているようである。現に悪いことをして逃れようとしている者を追いつめるのなら、何のうしろめたさもない。そこに名刑事との知恵くらべがあれば、さらにおもしろいのである。あるいはバラエティ番組で話題の事件をとりあげて、こざかしいコメンテーターに批判させ、常識人の精神的な安全地帯を確保させている。さあ、こちらの特等席にどうぞ。いっしょに怒りましょう。という設定である。

自分は正しい。この怒りは正当である。だからこのまま突っ走って相手をやっつける。という姿勢は危険なものであり、その風潮が「言わなければ損だ」のクレーマー社会を到来させてしまった。どんな立場にも言い分はあり、誰だって正しいのである。壊れた勧善懲悪の破片が、まだ人々の心に残っている。世間は狭義な「正しさ」がぶつかり合っていつも賑やかである。問題なのはどちらが正しいかという言論格闘が、話題内容など本当はどうでもよくて、ひたすらに自分の優越感を維持するためになされていることである。

かくして人は競争し、勝ち負けにこだわって生きるようになり、劣等感と優越感の間を揺れ流されて忙しいのである。「ホメラレモセズ　クニモサレズ　サウイフモノニ　ワタシハナリタイ」と言うデクノボーの心境は遥かに遠い。デクノボーは誰に対しても勝ちも負けもしない。絶対的平等があるから優劣は存在せず、静かなる愛が力強くゆきわたるのである。残念ながらまだ過渡期にあるこの社会は競争と優劣の判定とで秩序を保っているから、その意味で『雨ニモマケズ』を教科書に載せるのは、ジレンマの種をまくことになり教師泣かせである。私たちは家を一歩出ると、ひっきりなしに押しよせる劣等感と優越感の波に打たれてタジタジになる。いや、家を出なくても、夫婦や親子や兄弟姉妹の間で精神的闘争があって疲弊するのである。

さきほどインディアンのことを書いたついでに、もう少し追記しておきたいことがある。輝かしい西部開拓史のなかで、土地を奪われたインディアンの酋長が、アメリカ大統領宛に書いた手紙（スピーチ）の一部である。その酋長はアメリカ合衆国政府に強制され、住みなれた土地を売り渡して居留地に移動するという条約に署名させられ、そしてこういい残した。

わたしには分からない
どうしたら空や大地を売り買いできるというのですか
風の匂いや水のきらめきを
あなたはいったいどうやって買おうというのですか
わたしはこの大地の一部で
大地はわたし自身なのです

（中略）
それなのに白い人は
母なる大地を　父なる空を
まるで羊かビーズ玉のように
売り買いしようとする
（中略）
白い人の町の景色は
わたしたちの目には痛い
白い人の町の音は
わたしたちの耳に痛い
（中略）
大地はわたしたちに
属しているのではない
わたしたちが　大地に属しているのです
（寮美千子氏翻訳）

行政はある意味では嘘ばかりである。『一日ニ玄米四合』と書かれているのを「食いすぎだ」と進駐軍のおエライさんに言われて三合に改竄し、そ知らぬふりして教科書に載せていた時代もあったのである。嘘みたいな話だが事実である。

だが私が言いたいのは国家間の騙しあいでなく、国が国民を騙す陰謀でもない。本当に言いたいのは、人が自分自身に騙されるトリックについてである。たとえばあなたが友人とふたりで海釣りに行き、小船で海岸から近いところで糸をたらしたとする。そして大きな獲物をあと一歩のところで逃したとする。逃した魚の大きさは、その場でもう寸法が友人の目測と違うのである。あなたは家に帰って残念にも逃した魚の話を家人に話す。その際に魚の大きさはほんの少し成長している。嘘をつくつもりは毛頭ないが、魚のサイズを示す身振りで両手をおおげさに開いてしまう。あなたはさらに翌日、会社の同僚にその魚の話をする。両手で示す魚の寸法はさらに成長してしまう。仕事を終えて夕方になり家に帰ると、昨夜はサッカーの合宿で不在だった息子がいるので、また逃した魚の話をする。両手はますます広がってしまう。すると息子にこう言われるのだ。

「父さんが釣りに行ったのは鯛じゃなかった？　昨日は特別な船をチャーターして、遠洋でマグロを釣ろうとしてたの？」

この場合、術にかけられているのは聞き手でなく話し手のあなた自身である。あなたはいつの間にか自分に洗脳されて錯覚に酔いだしていた。物事をありのまま等寸大

料金受取人払郵便

新宿局承認

1408

差出有効期間
2021年6月
30日まで
（切手不要）

郵便はがき

160-8791

141

東京都新宿区新宿1－10－1

(株)文芸社

愛読者カード係 行

<table>
<tr><td>お名前《ふりがな》</td><td></td><td colspan="2">明治 大正
昭和 平成 年生 歳</td></tr>
<tr><td>ご住所《ふりがな》</td><td colspan="2">□□□-□□□□</td><td>性別
男・女</td></tr>
<tr><td>お電話
番 号</td><td>（書籍ご注文の際に必要です）</td><td>ご職業</td><td></td></tr>
<tr><td>E-mail</td><td colspan="3"></td></tr>
<tr><td colspan="2">ご購読雑誌（複数可）</td><td colspan="2">ご購読新聞
新聞</td></tr>
<tr><td colspan="4">最近読んでおもしろかった本や今後、とりあげてほしいテーマをお教えください。</td></tr>
<tr><td colspan="4">ご自分の研究成果や経験、お考え等を出版してみたいというお気持ちはありますか。
ある ない 内容・テーマ（ ）</td></tr>
<tr><td colspan="4">現在完成した作品をお持ちですか。
ある ない ジャンル・原稿量（ ）</td></tr>
</table>

名				
買上 店	都道 府県	市区 郡	書店名	書店
			ご購入日	年　月　日

書をどこでお知りになりましたか?
1.書店店頭　2.知人にすすめられて　3.インターネット(サイト名　　　　　　)
4.DMハガキ　5.広告、記事を見て(新聞、雑誌名　　　　　　)

の質問に関連して、ご購入の決め手となったのは?
1.タイトル　2.著者　3.内容　4.カバーデザイン　5.帯
その他ご自由にお書きください。
(　　　　　　　　　　　　)

書についてのご意見、ご感想をお聞かせください。
)内容について

②カバー、タイトル、帯について

弊社Webサイトからもご意見、ご感想をお寄せいただけます。

ご協力ありがとうございました。
※お寄せいただいたご意見、ご感想は新聞広告等で匿名にて使わせていただくことがあります。
※お客様の個人情報は、小社からの連絡のみに使用します。社外に提供することは一切ありません。

■書籍のご注文は、お近くの書店または、ブックサービス(0120-29-9625)、セブンネットショッピング(http://7net.omni7.jp/)にお申し込み下さい。

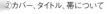

に語ることは難しいのである。魚の大きさならどんどんおおげさになっても害はないが、他人の悪口でこれをやられると問題である。誰でも無自覚に（あるいは自覚的に）日常会話のなかで物事を大きめに表現したり小さめに言ったりしている。繰り返し話題にされて、どんどん悪者役になってゆくインディアンは本当に悪者なのか、とどこかで気づいて立ちどまらなければならない。問題は誰が悪いのかでなく、悪役を想定することによって成立する私たちの「ナニワ節」である。

友人に聞いた話であるが、ある飲み屋の隣のテーブルで、年配の女性たちがそれぞれ夫の悪口を語り合って飲んでいた。そのとき友人はもうひとりの同僚と酒を飲んでいたのだが、ふたりとも口数が少ないたちなので、聞くつもりがなくても女性たちの夫批判が耳に入ってきたそうである。なかに夫の暴力についてすごい勢いでまくしたてる女性がいて、友人はその夫という人物が気の毒に思えたそうである。暴力はどんな場合でも悪いのであるが、あの口数あの勢いで毎度の拷問のごとく責めたてられていたら、手が出てしまう瞬間というのはあるのかもしれない、と友人は思ったそうである。それを堪え忍ぶのが大事なのだよ、と友人には話したが、そうした悪口大会で、そうだそうだと仲間が相槌をうつのが昨今の世間の悪習である。それはストレス解消でなく怨念の醸成にしかなるまい。インディアンは悪者だぞ、の呪詛が小規模に繰り返されているのである。そしてこれが、クレーマー社会の一側面である。

宮沢賢治の『雨ニモマケズ』は祈りの言葉であって同時にまた詩でもある。そこに描かれているのは理想郷ではないが、理想郷をめざす確実な歩みである。

私はじつは七十歳になったら連れあいにほうり出されることになっていて、現在の年齢は六十九歳一ヶ月である。ほうり出される事情については別の作品に書いているのでここでは省くが、要はバツイチどうし高齢者の同棲であるから、関係が壊れるときはたやすいのである。連れあいは帰ってくるといつも、職場で何があったのかと憶測したくなるほど機嫌が悪い。不機嫌だからこちらから何を言っても返事は小言であり、私のした事のアラ探しをして家のなかを歩きまわる。こんな時の私は、子供の頃のつらい経験のさなかに引き戻されている。半世紀以上前の昔話ではあるが、会社勤めの父親はしばしば酔って帰宅し、そうすると普段とは別人のごとくなり、赤鬼のような形相で母を叱責し絡んでいた。酔っ払いだから執拗で果てしない絡みである。幼い私は普段の父親のことが大好きだったから、夕方になると父親が素面のまま帰ってきてくれるように祈ったものだ。高校時代の親友はもっと悲惨で、やはり幼い頃、酔って帰った父親が母親を殴るのを見て育ったのだそうである。だから夕方になると裁縫のものさしや箒など、殴る道具になりそうなものを家中探して隠したそうである。

土日に出勤する代わりに水曜木曜が休みである私は、そんな休日の夕方になると居場所のない曇った気持ちで連れあいの帰宅を待っている。子供の頃に怖れた赤鬼の父も現在の連れあいも、職場でどんな空気を吸い、どんな思いを耐えてきたのか。エゴはバランスの崩れに敏感だから、自分がされたように別の誰かにやつあたりするのだろう。相手は誰でもいいから、とにかく怒って元気を回復するという自動復元装置が作動している。そうしないと底なしの鬱状態に呑みこまれてしまう気がするのかもしれない。別の話だが半世紀ばかりも前、高校生の間で不幸の手紙というのが流行したことがあった。その手紙を受け取った者は同じメッセージを他の誰かに出さないと、自分が不幸を受けることになる、という無限連鎖の不幸の押しつけ合いである。社会はそれと同じものを目に見えないばい菌のようにして、人々の間に無自覚レベルで蔓延させているのではないか。

こういう連鎖から完全に解放されているのがマザー・テレサでありデクノボーだというわけである。連れあいは気の張った臨戦態勢のまま帰ってきて、気の緩んだ状態にある私を見て不快になり、無自覚に口やかましくイジワルになる。デクノボーの心境にまだ達していない私は、ただのサンドバッグになるしかない。

しかし先日ふと気づいたのだが、連れあいに限らず主婦という立場の女性は、家庭という巣づくりに懸命になっていて、家というものは宝石箱に等しい大切な代物なのではあるまいか。この執着は本能に近いものかもしれない。だから米粒ほどのゴミが床に落ちていると、それは神聖な宝石箱への冒涜であり、苛立ちをこらえて引火寸前だったガソリンに、火の消えていない吸い殻を投げることになるのだろう。良く言えば些事にかまけない私は、悪く言えばゴミまき散らし機の汚し屋なのである。あるいはそうだとしても、だらしない奴はやっつけておかないと、自分の生活が乱されて正しさや強さを維持できない、という傾いた精神状態が攻撃的になる理由ならば、やられる側はひどい迷惑である。ソファでぼんやりしているように見える私は、走り書きで仕上げた作品の、つじつまの合わない部分の修正に頭をひねっているさなかであり、作品が傑作になるか駄作になるかの境目なのである。

バカにされ叱られながら、愛情深く笑顔で平和に暮らすことは難しい。それができるのが常不軽菩薩でありマザー・テレサでありデクノボーなのである。まだデクノボーになりきれない私は、同棲解消の宣告を受けたのを幸いに、相手との適度の間合いを探して伊豆の中古別荘を発案したわけである。

「夏休みに孫を連れて遊びに来てください。春や秋の連休にもどうぞ。私は別荘管理人になって静かに暮らしてお待ちしています。深海魚は海底深くで静かにしています。飛び魚さんは太陽を浴びて輝きながら、自由に忙しく泳ぎまわってください。誰のどんな登りも下りも、ただ一番の幸いに至るための歩みなのですから」

放り出されたら伊豆の山奥に住むというアイデアは、だから昨今流行している田舎暮らしへの憧れではない。伊豆の僻地には自動車一台分ほどで買える廉価な中古別荘があって、崖っぷちのボロ屋であるが、別荘ブームに去られて今は年寄りの定住者が多い場所があると聞く。そこなら田舎暮らしにつきものの近所付き合いも無用で、米と味噌とサバ缶かフリカケという食生活ならば、どうにか年金収入で暮らせそうである。

さらに欲を言えば、もしも自動車三台分の金があれば、民宿や小規模な保養所として使われていたオンボロ物件が購入可能になる。そうしたら私は住み込みの管理人のふりをして隠居することができ、その家を「観山館」とでも名づけて、この時代のこの社会で生きる自信を失った人々の世話をしてやれるではないか。金銭の問題で苦しんでいる人を助けることはできないが（なにしろ私自身が食うや食わずである）、生きる気力を失いそうになっている人たちが、元気を回復する「精神のサナギ状態からの脱皮」を手伝うことはできそうだ。マザー・テレサのまねではないが、私みたいに人生残り少ない高齢者は、怖いものなしだから何だってできる。善良で闘争できないために居場所のない者、怒って気分よくなる奴の餌食になって迫害されている者、牙を持たぬゆえに生きづらい者、そういう者たちは私のもとに来るがいい。遠慮や心配をすることはない。誰が来たって、そのなかで一番弱い泣き虫は私であり、そしてまた一番辛抱強いのも私なのだ。

残念ながらこの計画はまだ空想の段階であるが、こんな素敵に平和な環境で、思索と創作とドラクエの晩年を過ごしたいと思う。こんな夢物語が、今の私の切々たる願いである。

そこでいよいよこの作品の結びとなるわけだが、デクノボーが雨にも風にも負けないのは、雨や風に対してモガキ暴れないからである。デクノボーは雨とも風とも闘わない。闘わないから負けない。じつに簡単で単純な答えであるが、まだ誰もこんなふうに評するのを聞いたことがないのが不思議である。みんながイメージしたいのは、雨風と真っ向から闘ってしかも負けない超人ということなのだろうか。宮沢賢治を研究して数十年という学者先生でも分からないらしい。残念である。

聖書にイエスの言葉として「ハトのように素直に、蛇のようにしたたかに」というのがある。他に「幼子のように」という言葉もよく出てくるので、ハトのほうはよく分かるのだが、なぜ蛇のしたたかさが語られるのか私には謎だった。お人好しは狡猾な者につけいれられて損をすることが多いから、素直なだけではだめだ、という意味ではないはずだ。狡猾な者に対抗して蛇のようにしたたかになったら、自他ともに欲得という同じ穴に落ちることだろう。欲得の穴は一度迷い込んだら抜け出すのが難しい迷路であり、理想をかかげた思想がみな落ちる暗黒の深い穴である。だから蛇のしたたかさとは、相手を見抜く眼力のことであろう。お人好しのハトは善良ではあるが、疑うことを知らないから相手の表面しか見ないのである。蛇は見えている表面だけにとらわれず、相手の内面も外面の状況も読み続けるのである。相手のズルさを見抜くから騙されずに闘うということではない。見抜いて闘わず、という精神の立ち位置が読者にお分かりだろうか。相手の笑顔の下に隠された狡猾さのさらに下に、人生の悲哀や切実なる愛が在り、不器用で痛々しい人生格闘の姿がある。そこまで見えてしまうと、あなたは目の前の詐欺師と闘えなくなってしまう。だから闘わずに黙って騙されていろと言うつもりはない。あなたの精神は大変に困難な立ち位置に居ることになるが、それは自分の霊性が目覚めるチャンスでもある。

四十年前に読んで忘れられなくなった言葉がある。石原吉郎という詩人の詩作品のなかの二行である。ここに私の記憶のままに紹介しておこう。

あなたが人間なら、私は人間ではない。
私が人間なら、あなたは人間ではない。

作者は終戦後のシベリア抑留経験者である。極寒の地での森林伐採の作業現場への行き帰りに、捕虜たちは隊列を組んで歩かされたそうだが、隊列の前後左右には銃を構えた警備兵たちがいて、よろけたり転んだりして隊列から一歩でも離れる捕虜は、脱走者とみなしてその場で銃殺されたそうである。実際に警備兵のなかには捕虜を犬同様に扱う者もいて、容赦なく引き金を引いたという。そんな捕虜と警備兵との対峙があの二行に表現されている。ただしこの二行が詩として人の心をつかむのは、抑留された日本人が悲惨だったという体験談に終わらないからだ。これは何国人何々人種の問題でなく、人類全体の問題としなければならない。こんな極限状況は世界にありふれていたのである。誰が被害者で誰が加害者なのか、というシーソーゲームに没入したらエゴの餌食である。世界はこんな愚かなシーソーゲームに満ちている。

この詩から教えられるのは、あらゆる対立関係の行き着く先に待ち受けているのが、こんな殺伐として不毛な極点だということだ。こんな極点に至る道に踏み込んではいけない。人と人のあらゆる対立は、たとえ最初は些細に見えても、いずれはすべてこの極点に通じてしまうのである。行ってはいけない。そこにたどり着いてはならない極点である。だから私は四十年経った今でもこの詩を読み終えていない。石原吉郎詩集は三十年前になくしているが、脳裡に焼きついているこの詩の二行を、私は読み終わることができない、という重い事実を、速読を得意がる現代人にどうしても言っておきたいのだ。

欲得ばかり求めて生きる人間の姿は醜く傾いているが、霊性を求めて一心不乱につき進む姿にも傾きがある。師を求めて誰かを自分好みの偶像に仕立て上げ祀りあげるのは、人間の悪しき傾向である。偶像崇拝とは石や木彫を拝むというより、心に思い描いた「賞賛対象」に安楽に寄りかかるズルさのことだ。大事なことだから重ねて書き刻むが、蛇の眼は他人を見抜くばかりでなく自分の心理にも向けられなければならない。我々はうっかりすると「幸福」のためにペテン師や石ころさえ拝みかねないのだ。インディアンは野蛮な悪者だぞと思い込むのと裏腹であり、釣り逃した魚の大きさと同じで、不正確なフツカヨイの記憶みたいなものだ。誰かを賞賛するのも酷評するのも、自分を振り返ってひとつ深呼吸してからにすべきである。

ところで読者は数ページ前に書いたインディアンの詩的手紙（スピーチ）とデクノボーとのつながりに気づかないだろうか。空や大地を羊のように売り買いするなんて、どうしたらそんなことができるのですか、と大統領に問いかけたあの言葉である。インディアンと大統領とが対極の立場にある存在だとしたら、あなたはそのどちらに立っている（立ちたい）のだろうか。インディアンのこの言葉には詩精神がきらめいている。そしてそのきらめきは、デクノボーの生きかたのきらめきでもある、と私は思うのである。

私もあなたも、壊れた勧善懲悪の瓦礫のなかで「どちらが正しいか」の競争ドングリ生活を生きている。「どちらが正しいか」は「私は正しい」に至ろうとするドングリ精進である。ところが世界は各自正しいドングリであふれかえっているので、私たちは毎日誰かと衝突して忙しいのである。正しいだけでは心が貧しいのだ、と気づくまで、人と人や国と国との衝突は際限なく続くのである。インディアンもマザー・テレサもデクノボーも、そのことを教えてくれようとしている。教えはこんなにも簡単に示されているのだから、後は私たちがそれに気づけばよいだけの話なのだ。

漫才・コント台本

体育授業（志村けんさんに捧げる）

この超短編だけは演者が三名。先生と生徒ふたり。この三人が体育着で校庭に立っているところから話が始まる。

先生「今日はね、みんなの百メートル競走のタイムを記録します。優秀な子は学校代表選手として、秋の県大会に出場してもらいますから、まじめに全力で走ってくださいね」

生徒AB「はあい」

先生「それではさっそく。位置についてぇ」

生徒AB「はあい」

生徒ふたりは元気よくスタートラインに立つが、生徒Aは気合を入れようと両手で自分の頬をはたき、それが強すぎて脳震盪を起こす。

生徒Ａ「あれれっ、らりるれろっ（よろける）」
生徒Ａは自分のスタートラインのむこう側に出て、そのまま逆向きにクラウチングスタートをかまえる。
生徒Ｂ「先生。Ａ君がおかしいです」
先生「（Ａに寄って）Ａ君、どんなかまえでも自由だけど、スタートラインを越してはいけないよ」
生徒Ａ「ふぁい。（まだフラついて、位置をなおすが今度は横向きになって先生の方を向いてしまう）」
先生「それでは、位置について（Ａ君の向きの異常に気づく）おいおい」
生徒Ａ「何でしょう？」
先生「それでスタートすると、アメフットのタックルみたいに、もろに私にぶつかるじゃないか。ちゃんと自分のゴールの方に向きなさい」
生徒Ｂ「進む方向を間違えてはいけないよ。百メートル競走でも人生でも。さあ、こっちだよ（Ａの向きをなおしてやる）」
生徒Ａ「君はやさしいね」
生徒Ｂ「本当？」
生徒Ａ「いつもありがとう。感謝しっぱなしだよ」

生徒Ｂ「じゃあ、今度テストのとき、答えを少し見せてね」
生徒Ａ「どうして？」
先生「（ふたりの会話にかまわず合図用ピストルを空に向ける）よおいっ」
生徒Ｂ「どんっなに勉強しても、僕は四十点以上の点を取ったことがない」
生徒ＡがＢの言う「どんっ」でフライングしてつっ伏してしまう。先生もよろける。
先生「ムダ口禁止。さあっ、位置について、よおいっ」
生徒Ａ「どんっな科目が苦手なの？」
生徒Ｂがフライングしてずっこける。
生徒Ｂ「国語算数理科社会、ぜんぶ」
先生はまたよろめいている。
先生「おしゃべり禁止だって言ってるだろ。まじめにやりなさい」
生徒ＡＢ「はあい」
先生「位置について、よおい……（合図用ピストルを空に向けて）どんっよりした空だなあ」
生徒ＡＢがフライングしてずっこける。
生徒Ｂ「先生ったら」
先生「ごめん、ごめん。では今度こそまじめに。位置について」

生徒Ａ「先生、大変だ。イノシシがゴールのところにいるよ」
生徒Ｂ「本当だ。腹がへって、裏山から下りてきたな」
先生「おのれイノシシめ。生徒たちの行く手をはばむとは、許せんっ」
先生がスタート合図用に持っていたピストルをイノシシに向けて撃つ。拳銃の効果音二発。
生徒Ａ「(驚いて）おい、実弾だぞ」
生徒Ｂ「あっ、イノシシが倒れた。先生、イノシシが僕らのゴール地点に倒れました」
先生「(平然と）それは、いいじゃないか。イノシシは一等賞の賞品だ。この競走に勝った者の家は、今晩はシシ鍋だ。そしたら先生は家族七人つれて食べに行くぞ」
生徒Ｂ「それでは僕は、副賞としてシシ鍋用の野菜を提供します」
先生「いいねえ、それはすごい」
生徒Ｂ「どうってことないです。うちは農家だから野菜なんか売るほどあります。誰が勝ってもどっさり出すよ」
生徒Ａ「それでは僕は……（と言いかけるが、悲しそうに考えこむ)」
先生「(心配そうに）ムリしなくていいぞ」
生徒Ｂ「イノシシと野菜でもう充分だよ」

生徒Ａ「うちは、うちは、（考えて）出せるものが思いつかないので、シシ鍋大会の雑費として現金十万円出します」
先生「（驚いて）ええっ？」
生徒Ｂ「いいのかい？」
生徒Ａ「うちは他に何も無いけど、お金だけは捨てるほどあるんだ。僕の口座に一億ほどあるし、今回は現金でカンベンしてください」
先生「じゅっ、じゅっ、十万円？　競走に勝った人の賞品？」
生徒Ａ「（平然と）そうです」
先生「本当かい？」
生徒Ｂ「（泰然と）そうです」
先生「そうか……（気をとりなおして）はいっ、それでは位置について」
生徒ＡＢ「はあい」
先生「よおいっ……（生徒たちの後ろを指さして）おやっ、あれは何だっ」
生徒ＡＢが後ろを振り向いているすきに先生が合図のピストルを撃ち、脱兎のごとくゴールめがけて全力疾走する。呆然と先生の背中を見送る生徒ＡＢ。
生徒Ｂ「すごい勢いだ。さもしいねぇ」
生徒Ａ「あっ、転んだ。でも、そのまま這ってゴールに向かってる。必死だね。大人って悲しいねぇ」

この作品も他のものも。読者それぞれが自由にアレンジしてくれてかまわない。たとえば競走のスタート姿勢は、ひとりは正当なクラウチングスタイルで、もうひとりは相撲のハッケヨイの姿勢にするなど。それから、よぉいどんの「どん」をズッコケさせる言葉は、生徒ABの会話をふやしてクドいくらい続けたほうがおもしろい。あるいはまた、スタート合図の先生は「全員集合」のいかりやさんのイメージだから、「あぁ腹へった」などという貧相なセリフを二度ばかりもらしておくと、最後のオチが生きてくる。などなど改良の余地はいくらでもあると思う。コントというものは、最初のアイデアなど全体から見れば二割くらいのものでしかない。残りの八割は演技前の練りあげと演技本番での演技者の熱中度である。

かけこみ乗車

ホームから発車まぎわの電車という設定。舞台道具はいっさい無いので、パントマイム的な演技が必要。

八五郎「（右手でホーム前方を指さして安全確認）ドアが閉まりまぁす」
熊五郎「待ってくれ（かけ込もうとする）」
八五郎「閉まりまぁす（かまわずドアを閉める＝手動で表現）」
熊五郎「（閉まるドアに右手右足をはさまれ）痛いっ」
八五郎「あれれ、閉まらない。何かつかえてる（ドアを閉めようとして、さらに力をこめる）」
熊五郎「（手足の先が抜けず）痛いったら」
八五郎「うむ、これがジャマなのか（なおも閉めようとする）」
やっと熊五郎は手を抜き、今度は両手でダイコンを引き抜くように自分の足を抜こうとする。
八五郎「困るなあ（ドアを開ける）」
足を抜こうとしていた熊五郎はホームで尻もちをつく。
熊五郎「おう、開いた（入ろうとする）」
八五郎「よいしょ（力いっぱいドアを閉める）」
熊五郎「ぎぇっ（顔をはさまれる＝自分の両手で顔をはさみつぶして表現）」
八五郎「えいっ、えいっ」
熊五郎「（顔をはさまれたまま）げっ、げっ」

八五郎「（しかたなく嫌々ドアを開け）困りますねえ、お客さん」
熊五郎「（ようやく車内に入って）イジワルしないでよ」
八五郎「ムリなかけこみ乗車はおやめください。こういう場合は、次の電車をお待ちください」
熊五郎「次の電車って、六分か七分も後じゃないか。私は急いでるんだ」
八五郎「たかが六〜七分じゃないですか。待ったってアッと言うまですよ」
熊五郎「アッと言うまじゃないよ」
八五郎「すぐですよ」
熊五郎「すぐじゃないよ」
八五郎「六〜七分が待てなくてどうするんですか？」
熊五郎「考えてもみろよ。たとえばだな、夜中に腹がへって眠れないから、カップラーメンを食べようと思う。お湯を入れて（湯を入れる動作）そうして三分待つ。この三分は長い」
八五郎「お湯を入れたカップラーメンを、じっと見つめてたら待つ間は長いよ」
熊五郎「ようやく三分たった。さて食べるぞというその時」
八五郎「食べようというその時？」
熊五郎「兄貴が来て、ちょうどいいやって横取りして行った。兄貴には金を借りてい

るから逆らえない。気をとりなおして、さあまたカップラーメンにお湯を入れる

（動作）ここからまた三分待つ。どうだい？　この六〜七分は長いよ」

八五郎「待ちかたが下手なんだよ。時計の針をじっと見てたら、一分や二分だってたまらないよ。せっかちな人は待ちかたがダメなんだ。たとえば、エッチな写真集。何ページか見てたら、ぼうっとしてるうちに六〜七分なんて楽に過ぎてしまうよ」

熊五郎「そんなこと言ったって、私は本当に急いでるんだ」

八五郎「何をそんなにあわてているの？」

熊五郎「ここから二つ先の北千住の駅前の歯科クリニックで、歯を抜かなきゃならないんだ。もうそろそろ予約の時間なんだ」

八五郎「少しぐらい遅れたって、ちゃんと治療してくれるよ」

熊五郎「そうじゃないんだ」

八五郎「何がそうじゃない？」

熊五郎「歯を抜くなんて十年ぶりなんだ」

八五郎「心配ないよ。ちゃんと麻酔してくれるから」

熊五郎「そうじゃないんだ」

八五郎「何がそうじゃない？」

熊五郎「私の歯を抜くのでなくて、私が患者さんの歯を抜くんだよ。私は年数だけは

ベテランの歯医者だけど、血を見るのも注射するのも嫌で、学生時代からずっとごまかしてきたんだ」
八五郎「十年もの間、ごまかせるものなのかね？」
熊五郎「私の奥さんは腕のいい歯科衛生士だからね、たいてい治療のときは、患者さんの目の上にタオルを置いて目隠しして、奥さんにやってもらってたんだよ」
八五郎「それなら、今日も奥さんにやってもらえば？」
熊五郎「今日にかぎって留守なんだよ。ああ、どうしよう」
八五郎「それは急いでいるのと別問題だな。でも心配するなよ。どうにかなる」
熊五郎「そもそも私は、麻酔の注射もうったことがない。ああ、注射なんかしたら気絶しちゃうよ」
八五郎「弱虫だねえ（あきれる）。でもそれはだいじょうぶだよ。患者は自分の口のなかは絶対に見えない。そうだろ？　あんた自分の口のなかが見えるかい？」
熊五郎「え？（口のなかを見ようとして）そうだね」
八五郎「だからさ、注射針でツンツンしてごまかせるよ」
熊五郎「でもそれでは、麻酔が効かないよ」
八五郎「だいじょうぶだよ。患者が痛がったって、気のせいですよと言って押しとおせばいい。世のなか、押した者勝ちだよ」

熊五郎「注射はそうやってごまかしても、抜歯のほうはどうするの？　怖くてとてもできないよ」
八五郎「抜歯のときはね。それが歯だと思わなければいい。壊れたロボットの口のなかのネジを一本抜いてやる。そんなつもりになればいい。変に遠慮するとかえって痛いから、えいやっ、とひと息に抜けばいい。あんた体格いいから力はありそうじゃないか」
熊五郎「スポーツクラブでトレーニングしているからね。でも（弱気に）簡単に言うなよ。力いっぱい引っぱりすぎて、頭蓋骨ごと抜けちゃったらどうしよう」
八五郎「（あきれて）そんな場合はだね、ほら、袋になってる枕カバーあるだろ？　あれに枕を押しこむ要領でいいと思うよ」
熊五郎「枕か、なるほどね。それで元に戻るね」
八五郎「……なるほど、慣れない歯医者さんか。じつはね、私も慣れない車掌なんだよ。だから電車を遅らせたくない」
熊五郎「そうかい。以前はどんな仕事してたの？」
八五郎「ホテルのフロントでドアマンやってた」
熊五郎「それもドアの開け閉めの仕事だね」
八五郎「そうだよ」

熊五郎「なんでそこ辞めたの？」
八五郎「それがね。その正面玄関のドアは、大きなガラスの回転ドアなの」
熊五郎「回転ドアか。今はあまり見ないね」
八五郎「それでドアの横に立っていてさ、サービスのつもりで、ホテルに出入りするお客様が来ると、ガラスドアの一枚前、つまりひとコマ前に入ってドアを回転させてあげたんだよ」
熊五郎「いいじゃないか。客が乗ろうとすると閉めちゃう今の仕事より親切で気分いいじゃないか」
八五郎「ところがさ、ひとりのお客様が通過して、私が元のポジションに戻ろうとすると、すぐ次のお客様がドアの前まで来ている」
熊五郎「へえ、商売繁盛でいいね」
八五郎「よくないよ。それで私がもう一回転すると、また次のお客様が来ちゃう。そんなぐあいに、お客様の出入りが絶えないから、私は回転寿司で誰も取らない皿みたいにいつまでも抜け出せなくなって、しまいには干からびちゃう。それで閉めるほうに商売替えしました」
熊五郎「そうだったのか、なるほどね。でもさ、そう言えばさ、さっきからドアを閉め忘れてるよ。だから電車がいつまでも発車できないでいる」

八五郎「おっと、これはうっかりした。話に夢中になってしまった。急いで出発しよう。（ドアを閉めようとして）あれれ、ホームに百円玉がひとつ落ちている」
熊五郎「ああ、あれはさっき尻もちついたときに私が落としたんだ。でももう諦めてるよ。拾いに出たらホームに置き去りにされかねないからね。あの百円はもう、拾った人のものでいいよ」
八五郎「（目を輝かせて）本当かい？　拾った者のものかい？（拾いに行く）」
熊五郎「（八五郎がホームに出たところでドアをピシャリと閉め）はいっ、出発進行」
電車の進行を表現して、熊五郎は横を向いて去って行く。
八五郎「（ジタバタと電車を見送ってから）おおい、待ってくれ。……いいのかい？　北千住に行きたいのだろ？　方向が逆だよ」

奇妙な医者

情景は内科医院の診察室だが、イス二脚だけあれば可。あるいはイスさえも略してもよい。熊五郎のいる診察室に、外来患者の八五郎が入って来て話が始まる。
八五郎「お願いします」

熊五郎「（振り返りもせず、うるさそうに）何ですか？」
八五郎「このところずっと食欲がなくて、夜も眠れないし、なんだかボウッとして倦怠感があって……」
熊五郎「それは、気のせいでしょう」
八五郎「倦怠感がひどいのです」
熊五郎「（あいかわらず八五郎の顔を見向きもせず）だから、それは気のせいですよ。この時代はみんな倦怠感を感じてるんです。そんな時代なんですよ」
八五郎「でも、食欲がなくて、夜は眠れなくて、ボウッとしてるんです」
熊五郎「（横を向いたまま）だから、気のせいじゃありませんか？」
八五郎「気のせいじゃありませんよ。具合が悪いから、こちらにおじゃましてるんです。少しはこっちを見てくださいよ」
熊五郎「（チラッと八五郎を振り向くが、すぐまた元に戻って）やっぱり気のせいじゃありませんか？」
八五郎「（怒りだして）しっかり診察してくださいよ。本当に夜眠れなくて困ってるんですから」
熊五郎「じゃあ、そんなに言うなら診察しましょう。ワガママな人ですねぇ。はい、口を大きく開けて」

八五郎「のどは痛くないんですけど」

熊五郎「一応の手順ですよ。はい開けて。ケチらずにもっと大きく開けて。もっと景気よく開けて」

八五郎は両拳をにぎりしめて必死に口を大きく開く。熊五郎は八五郎の口をのぞきこもうとした瞬間、大きなクシャミをする。間一髪で横を向いて飛沫を避ける八五郎。

熊五郎「失礼。ちょっと肺炎ぎみでね。はいもう一度、口を大きく開けて」

八五郎は口を開き、熊五郎がノドをのぞきこむ。この時また熊五郎がクシャミをしそうになる。八五郎はまた顔をそむけるが、熊五郎がクシャミをこらえたようなので顔を熊五郎に向ける。ところがその瞬間に熊五郎のクシャミが暴発する。

八五郎「物騒なこと言わないでください。風邪ぎみって言う言葉はあるけど、肺炎ぎみなんて聞いたことない。ノドはけっこうですよ。それより夜眠れないほうをどうにかしてください」

熊五郎「ううむ。不眠症か。……ううむ、ううむ。うむ、分かった」

八五郎「何が分かったのですか？」

熊五郎「あなたはたぶん、眠っているのだけれど、眠れなくて起きている夢をみているのですね。本当は眠ってるんですよ。でも眠りこむと同時に夢のなかのあなたは起きて、眠れない眠れないと悩んでいる。そういうつまらない大長編の夢を毎晩みている」
八五郎「(納得しかけるが首を横にふって)そんなことないですよ。夜眠れないから、昼間は眠くてしょうがない」
熊五郎「それなら、昼寝すればいい」
八五郎「昼寝？　毎日昼寝してますよ」
熊五郎「何時間くらい？」
八五郎「なにしろ夜まったく眠れないから、朝食兼昼食を九時頃にたべて十時くらいから夕方の七時頃までぐっすりです。今日は先生に診てもらうために無理して時間をつごうして来ているのです」
熊五郎「なんだ、睡眠時間充分じゃないですか」
八五郎「でも、やはり皆と同じように夜眠りたいのです」
熊五郎「ワガママだなあ」
八五郎「これはワガママと違います」
熊五郎「分かりました」
八五郎「分かったって？　解決できますか？」
熊五郎「簡単ですよ。よく聞きなさい」
八五郎「さっきからよく聞いてますよ」

熊五郎「あなたね。こう考えてごらん。自分は今、地球の反対側のニューヨークに来ている。ニューヨークに居るのだから、現地時間に合わせて寝起きしている。ニューヨークの住人たちといっしょにあちらの夜に眠っている」
八五郎「え？（何を言われているのか分からない）」
熊五郎「いいなあ。国際人だなあ。カッコイイなあ。ということで、はいっ、解決」
八五郎「（困惑して）ええと……（ムッとして）解決じゃないよ。だいいち、私はいつもボウッとしてて困っているのです」
熊五郎「きっと、あなたは元々ボウッとしてる人なのですよ」
八五郎「そんなことないよ。本来は頭脳明晰で、三年生の宿題だって手伝えるくらいなんだから」
熊五郎「三年生って、高校？　中学？」
八五郎「（恥じらいながら）小学生。でも難しい算数なんかでもスラスラ解ける」
熊五郎「そう、それはよかった。では食欲のほうは？」
八五郎「食べてはいるんだが、すぐに胸がいっぱいになって……」
熊五郎「なるほど。発情期かな？」
八五郎「犬じゃあるまいし」
熊五郎「でも、肥えているように見えますね。むしろ肥満が問題かもしれない。間食も食事としてカウントすると、一日に何食?」

八五郎「おやつも数えるの?(指折り数えて)八食くらいかな」

熊五郎「喰いすぎだよ。少しは腹を休ませなさい」

八五郎「(ふと気づいて)あれっ? 先生、まじめに診察してくれてるね」

熊五郎「しょうがないよ。災難だけど目の前に来ているのだから」

八五郎「何を言ってるの。ここはクリニックでしょ? 何かいい薬ないかね。元気が出て、食事も調子よくなって、夜になるとバタンキューで、風邪もひかなくなって、寿命が延びて、おまけに髪がふさふさになるような安い薬」

熊五郎「そんなものあったら、私が欲しいよ」

八五郎「(ひとり言で)でも、血圧や脈をみたり聴診器あてたりしてくれないな。おかしいな。俺が男だからかな」

熊五郎「あっ(と遠くを見て)先生が来るよ。本当の先生が」

八五郎「本当の先生って? じゃあ、あなたは誰?」

熊五郎「じつは私も患者なの。気持ちが暗くふさいで、対人恐怖症というか……」

八五郎「ぜんぜんふさいでないよ」

熊五郎「知らない人とは恥ずかしくて口がきけないんだ」

八五郎「(はじけるように立ちあがって)それだけしゃべれれば充分回復してるよっ」

熊五郎「ハァッ、ハァッ」
八五郎「（クシャミを防ぐため、ハンカチをひろげて顔カーテン）」
熊五郎「これは笑ってるの」
八五郎「なあんだ（安心してハンカチを下ろす）」
熊五郎「（笑いながらクシャミが破裂）ハハハ、ハクション」

変なタクシー

道具はイス二脚。ただしなくてもよい。熊五郎が運転するタクシーに八五郎が客として乗ってくる。
八五郎「近くて悪いけど、〇〇まで行ってください」
熊五郎「かしこまりました（発車する）」
八五郎は黙って前や横の景色をながめているが、突然に。
八五郎「あっ、キレイなネエちゃん」
ふたりそろって横を見る。対象が後方に遠ざかるが、運転手の熊五郎がいつまでも目で追う。

八五郎「あぶないよ。ちゃんと前を見なさい」
熊五郎「はいっ（従順に返事して）ところでお客さん」
八五郎「なに？」
熊五郎「どうもさっきから気になってるんですが、信号って、赤と黄と緑の三色だけなんですね」
八五郎「（驚きながら）そう決まってるようだね」
熊五郎「でも、以前は五色か六色あったような気がするんですが・・」
八五郎「（そわそわして）あんた……免許取ったばかりかい？」
熊五郎「とんでもない。四十年も前に取りましたよ」
八五郎「そう、それならけっこう。私が行きたい〇〇って分かってるよね？」
熊五郎「（平然と）いえ、分かりません」
八五郎「〇〇を知らないの？」
熊五郎「はい、知りません」
八五郎「知らないったって、車を走らせてるじゃないか」
熊五郎「なぁに、走ってればそのうち着きますよ。人生はどうにかなるものです」
八五郎「冗談じゃない。〇〇ってのは、有名な××の近くだよ。だからこうしよう。××のそばまで行ったら、私が右だ左だって道順を教えるよ」

熊五郎「それは大変にありがたいんですが、ひとつ問題があります」
八五郎「問題って、何？」
熊五郎「××ってのが分かりません」
八五郎「あんた、東京に来たばかり？」
熊五郎「いいえ。生まれも育ちも東京です。ずっと東京に住んでますよ」
八五郎「免許取って四十年って言ったよね」
熊五郎「四十年前に取ったけど、三十六年間ずっと家にこもってました」
八五郎「三十六年前ってえと、巨人が国鉄や大洋と試合してた頃かな？」
熊五郎「そんなに昔じゃないですよ。たぶんあなたが高校生くらいの頃だと思います。お客さん五十代でしょ？　私より少し若いみたいだ」
八五郎「まあね。あ、その信号を右折」
熊五郎が急ハンドルをきり、ふたりの身体が左に大きく傾く。
八五郎「(怒って) もういい。降ろしてくれたまえ」
熊五郎「イヤです。せっかく拾ったお客だから」
八五郎「さっきの右折はひどかったじゃないか」
熊五郎「それは、背中が痒くって……お客さん、背中を掻いてくれませんか？」
八五郎「イヤだよ」

熊五郎「（肩をゆすり、ハンドルを握る手がブレる）ああっ、痒い」
八五郎「（右に左に揺さぶられて）危ないっ。痒いのはどこだ？　ここか？」
八五郎が熊五郎の背中に手をつっこんで掻いてやるが、なかなか的中しない。
熊五郎「もっと右。行き過ぎた、少し左下」
八五郎「（突然気がついて）あっ、キレイなネエちゃん」
ふたりそろって車外に顔を向ける。八五郎はすぐに顔を戻すが、熊五郎の視線は後方を追う。
八五郎「危ないっ（熊五郎の顔を強引に前向きに戻す）」
熊五郎「ああっ、今度は玉袋の南半球裏側が痒い（腰をモジモジ動かす）」
八五郎「（とびのいて）やだよ。俺はもう降りる。このへんでいいよ」
熊五郎「ここが〇〇ですか？」
八五郎「違うけど、いいよ。停めて」
熊五郎「ダメ。もう少し乗っててください。私ひとりになると、電信柱が私にぶつかってくるんです。私は電信柱が大嫌い。（腰をうねらせ）ああ、痒い」
八五郎「冗談じゃないよ。うぉ、危ない。もっと右（前方を指さす）」
熊五郎「いいえ、痒いのは左」
八五郎「電信柱も左。だからハンドルを右。あっ、右、右だってば」

熊五郎「お客さんも痒いの？」
八五郎「違うよ。電信柱が寄ってくる」
熊五郎「おいっ、どけっ」
八五郎「（手をのばしてハンドル操作を手伝い）電信柱なんだぞ、怒鳴って通じる相手ではないよ」
熊五郎「あぁ、痒い（腰をくねらす）」
八五郎「止まれ、止まれ（片足を横に出して床面をこする）」
熊五郎「（腰を振りながら）あなた、何してるの？」
八五郎「（横に出した足をふんばって）ブレーキのつもりっ」
熊五郎「（腰を揺らめかせながら）子供の三輪車じゃあるまいし」
八五郎「おやっ（景色を見まわして）あ、着いた。偶然に着いた。ここが○○だよ。いやあ、よく来られたものだ」
熊五郎「はい（ケロッとして停車し）料金はこちら（メーターを指さす）」
八五郎「メーター壊れてないかい？　少し高いよ」
熊五郎「消費税込みでドキドキハラハラ料加算です」
八五郎「そんなバカな。背中掻いてやったじゃない」
熊五郎「では、ドキドキをサービスします」

八五郎「キレイなネエちゃんを教えたろ？」
熊五郎「では、ハラハラもサービス（メーターを叩く）はい、料金」
八五郎「通常料金だな、よし（金を払う）しかしあんた、運転に向いてないよ。転職を考えたほうがいい」
熊五郎「転職したいとは思うけど、運転は大好きです」
八五郎「向いてないよ。絶対に転職すべきだよ」
熊五郎「あそこに見えてる会社が〇〇ですか？　入り口に社長車の運転手募集って書いてありますね。あれどうかな。お客さん、あの会社のこと知ってるんでしょ？」
八五郎「ダメ、あんたはダメ。運転に向いてない」
熊五郎「なぜ？　知らない道を走ると電信柱がぶつかってくるけど、毎日決まった道を走るなら電信柱もじっとしててくれるよ」
八五郎「そうじゃない。ここの社長はほとんど外出しないから、社長車の運転手は秘書みたいなこともしなけりゃならない。ところがここの女子社員はキレイなネエちゃんがそろってるから、あんたじゃ気が散って仕事にならない」
熊五郎「いいじゃない。（嬉しそうに）そんなことないよ。そうと聞いたらますます労働意欲がわいてきたよ」
八五郎「ダメ。キョロキョロして仕事にならない」

熊五郎「どうして？　あんたがダメと言っても、面接の担当者がいいって言えば……」
八五郎「絶対にダメッ。私がこの会社の社長なの」
熊五郎「ええっ？」
八五郎「しかも会社の仕事は、あるところからの下請けで、電信柱の工事と保守点検なの」

この話の結末は作者としては不満足である。スッキリしたオチになっていない。いずれ別のアイデアに差し替えるつもりだが、読者も独自に考えてみてほしい。おもしろい意外性があって着地がしっかりしているエンディング。コントの最終部のオチというものは、体操の美技みたいに客をヒヤリとさせ、しかも最後にホッと安心させるのが理想である。作者と読者と、どちらが良いアイデアを出すか競おうではないか。

パパの童話

設定道具不要。熊五郎が父親で八五郎が五歳くらいの息子という配役。

八五郎「近頃はいろんなものが、ずいぶんと進歩していまして」
熊五郎「そうですね。うっかりしてると、取り残されちゃいますね」
八五郎「どうかすると、親より子供のほうが頭の回転が速い」
熊五郎「あんまり速すぎても困りますね」
八五郎「ねえパパ（熊を見つめる）」
熊五郎「（少したじろいで）な、なんだい急に」
八五郎「何かお話を聞かせてよ」
熊五郎「お話？　いいよ。どんなのが聞きたい？」
八五郎「仕事のグチはイヤだよ。ジメジメしたメロドラマも苦手だなぁ。聞いた後で心が温まって、スーッと爽やかになるようなタメになる話がいいよ」
熊五郎「難しいね。でも要するに、普通の昔話でいいのかな」
八五郎「いいよ。やってごらん。聞いてあげるから」
熊五郎「聞いてあげるって、別に話したくてたまらないわけでもないんだけど」
八五郎「はなしていけないのは、車のハンドルとゴムの切れたパンツ。さあ話せ」
熊五郎「まあ、たまにはいいだろう。……昔々、あるところにお爺さんとお婆さんが住んでいました」
八五郎「（急に子供っぽく）どうしてぇ？」

熊五郎「どうしてって、居たんだからしょうがないよ」
八五郎「昔々っていつの時代だろう。あるところってどこだろう」
熊五郎「しょうがないねぇ。それはな、今から八百年前だよ」
八五郎「苦しまぎれに適当な数字を言うと、なぜか八百になるんだってさ。だから嘘八百って言うだろ」
熊五郎「八百と言ったら八百だよ。そして場所はな、ええと、現在は山梨県笛吹市って呼ばれてるあたりだよ」
八五郎「それって自分の実家じゃないか。まあ、本当の爺さん婆さんの住んでる土地だからリアリティ感じるけどね」
熊五郎「そうだろ。お爺さんとお婆さんは若い頃に恋愛結婚したんだ。お爺さんが三十四歳でお婆さんが二十六歳のとき、ふたりは市が主催したカラオケパーティーで知り合った」
八五郎「もろに爺さん婆さんの話じゃないか。それ以上話すと個人情報の問題が発生するよ」
熊五郎「そうかい。では事実から離れておもしろく創作しよう」
八五郎「我々は真実に飢えている。ありきたりの事実はつまらない。けれども事実がつまらないのは、語られる物事が類型を脱していないから。アーティストとしての語り手は、類型から典型への脱出をこそ示さなければならない」
熊五郎「なんだか難しいね」
八五郎「いいから、続けて」
熊五郎「お爺さんは山に柴刈りに、お婆さんは川に洗濯に……」
八五郎「(急に子供っぽく) どうしてぇ?」
熊五郎「どうしてって……台所というか土間のカマドで燃料として柴を燃やすんだよ。洗濯で川に行くのは、昔は水道という便利なものがなかったから」
八五郎「井戸もないの?」
熊五郎「うん。井戸を掘ったら、水でなく石油が出てきてしまったのだ」
八五郎「石油があるなら、柴は必要ないね」
熊五郎「ええと、それではお爺さんは山に山菜採りだ。そしてお婆さんは川で洗濯。そうすると、上流から大きな桃がドンブラコと流れてきた」
八五郎「どうしてぇ?」
熊五郎「どうしてって……それが物語の謎というものだ。謎がないと話がふくらまないだろ?」
八五郎「そうかなあ。疑問点を棚にあげて先に進むと、論理が破たんするよ」
熊五郎「だって、桃はたまに川を流れてくるものなんだよ。上着は質屋で流れ、マージャンは放銃警戒で流れ、桃は川を流れる。そういうものさ。直径六十センチ五ミリで重さは七キロ二百グラム。スイカより大きな桃だ」

八五郎「婆さんには重いね」

熊五郎「平気だよ。昔の年寄りは野良仕事で力があったから。家に持ち帰ってお爺さんの帰りを待ち、その桃を切ったら、なかから赤ん坊が出てきた」

八五郎「桃を切るときに、赤ん坊は傷つけなかったの？」

熊五郎「切ろうとしたら、なかから赤ん坊の泣く声が聞こえたから、用心して切ったのだ。赤ん坊は男の子だった。ふたりはこの赤ん坊を桃太郎と名づけて幸せに暮らした。はい、めでたしめでたし」

八五郎「あれれ、終わり？　それじゃつまらないね」

熊五郎「どうして？　三人で幸せになった。それでいいじゃない」

八五郎「話に緊張感が不足してる。もりあがりというか、意外性、つまり知的驚きがない。ワビもサビもないし、物語は何かを発見しないと終わってはいけないのだ」

熊五郎「ではどうすれば？」

八五郎「桃太郎に冒険させるのだよ。困難をのりこえた先に幸福がある。要するに達成感がないといけない」

熊五郎「では、少し冒険させるか」

八五郎「ＲＰＧの常で、最初に仲間が加わってきてもいいね」
熊五郎「カワイイ娘が登場して色恋ざたになるのもいいな」
八五郎「恋愛感情は難しいよ。主人公の心の弱さが出てくるし、そうかといって目の前に好きな相手がいるのにストイックになると堅苦しい」
熊五郎「そうかもしれないね。三角関係になったりすると、群像劇化して複雑になるね」
八五郎「じゃあこうしよう。桃太郎が海に釣りに行く。すると浜辺で悪ガキどもが海ガメをひっくり返して動物虐待の遊びに熱中している」
熊五郎「話が飛躍するね」
八五郎「物語のおもしろさって、意外性なんだよ」
熊五郎「聞いてる側の興味がついてくるだろうか」
八五郎「創造性の思い切りをためらったら、芸術家にはなれませんよ」
熊五郎「はいはい」
八五郎「桃太郎は悪ガキと交渉し、弁当として持参していたキビダンゴと引き換えにカメを助けてもらう」
熊五郎「悪ガキどもはキビダンゴをもらって嬉しそうに去って行く。桃太郎はひっくり返っていたカメを起こしてやる」

八五郎「でもカメはすぐには動けない。ケガしているのかと桃太郎が心配して見ていると、カメのなかからガヤガヤと人声が聞こえる」
熊五郎「何だいそりゃ」
八五郎「後ろ左脚関節外れ復旧とか応急接着剤追加とか声が聞こえる」
熊五郎「おいおい、普通の海ガメと違うのかい?」
八五郎「違うね。この海ガメは宇宙船だった。甲らの一部がパカッと開いて、親指くらいの宇宙人が出て来る」
熊五郎「どうしてぇ?　だいじょうぶかい?　誰かの著作権を侵害していないかい?それに小人って夢があるけど、この場面では……」
八五郎「どうしてぇ?　宇宙には大きい太陽も小さい太陽もあるんだよ。人間のサイズがみんな同一規格であるはずがない。そこで、宇宙人が桃太郎に説明する。悪ガキどもに不意討ちされてひっくり返され、操縦不能になっていたが、修理はすぐに終わるから、いっしょに月の裏側にある秘密基地に行きましょう」
熊五郎「月の裏側に基地?」
八五郎「金の鉱脈があって、宇宙人はそれを採掘しに来ている」
熊五郎「だって小人宇宙人の宇宙船だろ。桃太郎は乗れないじゃないか」
八五郎「特大の宇宙服を作るから、少しの間しがみついていてください、と言われる」
熊五郎「だいじょうぶかなあ」
八五郎「だいじょうぶではない。上空五千メートルくらい行ったところで、桃太郎はうっかりして手を離してしまい、落ちてしまう」
熊五郎「地面に激突じゃないか」
八五郎「でも平気なんだ」
熊五郎「どうしてぇ?」
八五郎「宇宙服は衝撃反発材でできているから、たとえば剣で斬りつけられても、そこで作用する物理エネルギーはすべて剣のほうに働いてしまう。剣がくだけるだけで桃太郎はかすり傷も負わない」
熊五郎「それでは桃太郎は、その宇宙服を着ていれば無敵だね。それで、その後どうなる?」
八五郎「というところで、続きはまた明日」
熊五郎「どうしてぇ? もっと話してよ」
八五郎「ダメ、今日はここまで」
熊五郎「どうしてぇ? その後どうなるの? 落ちた場所が鬼ケ島?」
八五郎「そんな好都合な偶然は許されない。テレビドラマじゃないんだから」

熊五郎「気になるよ。少しでいいから教えて」
八五郎「ダメッ。続きは明日」
熊五郎「続きが気になって、何も手につかなくなっちゃう」
八五郎「奇想天外を求めるのもいいけど、おもしろさに溺れてはいけない」
熊五郎「どうしてぇ？」
八五郎「鳥は枝を選ばず、枝も鳥を選ばず、ということだよ。区切られた間（ま）を大事にしなさい。ママの言うことをよくきいて、いいパパにしてたら話してあげる」
熊五郎「（姿勢を正し）はいっ」

この話は想像力が持続するままどこまでも引き延ばしてかまわない。ただ客を飽きさせない程度できりあげてほしい。親子の「どうしてぇ？」の応酬はもっと増やしてほしいが、同じセリフでも子の側は語尾を上げ、親の側は語尾を下げる。ふたりの対比を常に対極的にすると良いと思う。

あとがき

「奇人館さしすせ荘」に登場する私の母は、一年前に亡くなった。あともう一ヶ月生きれば九十三歳の誕生日をむかえるはずだった。作品に書いたごとく、母は賄いつき高齢者マンションのワンルームに住んでいて、亡くなる一週間ばかり前、室内の荷物を片づけている最中に転倒して腰を強く打ち、自由に歩きまわれなくなっていた。高齢者というものは、自分にがっかりすると気力体力と言うよりも、生命力が抜けてしまうようである。転ぶ前まではシルバーカーとも呼ばれる老人用の手押し車を使って、買い物にも医者通いにも出歩いていたのだが、車椅子に座らされてからは口数少なく不機嫌に黙り込んでばかりいた。そうして数日後に具合が悪くなって病院に救急搬送され、集中治療室に寝かされて、容態が安定しましたからと姉たちも私も帰宅を促されたその夜のうちに、脈と呼吸が急変してしまったのである。

父が亡くなったのは十年以上前だったが、その時は父の死顔を見つめていると、私の右上腕の後ろ側がひくひくひく痙攣したのを憶えている。そんな部位が痙攣することなど憶えのないことなので、これはてっきり父が私に何かを合図しているに違いないと考えたが、母の臨終の場ではそんな不思議は起こらなかった。集中治療室の天井あたりを眺めてみたりしたが、何も感じとることはできなかった。いささかなりと胸中に怖れを抱く者には、霊感があたえられないものなのだろうか。母はいざという時の救命処置は無用という書類を残していたが、医者に相談された私は処置をお願いしてしまった。だからベッドに仰臥する母は、何種類もの細い管につながれて無残だった。私自身はこのような姿で死にたくはない。けれども家族というものは当の病人が長患いでもなければ、医者に問われれば救命処置を断ることなどできないものだろう。私が山奥の小屋でひとり暮らししたいと願うのは、家族に葛藤を与えずに静かに野垂れ死にしたいからだ。

　葬式は父の時と同じ葬儀社で行ったが、祭壇の飾りつけを無用としたために、最上階の隅の六畳ほどの畳部屋が割り当てられただけだった。母の棺の前に焼香台を置いて写真を飾り、生花をそなえると五人か六人しか入れない部屋だった。家族葬という形式で、焼き場に行くまで毎日が通夜であり、子供と孫と曾孫とが入れ替わり訪れて、私はエレベーターホールの喫煙所でタバコばかり吸っていたのを記憶している。私は世俗的にはバチ当たりな人間で、死者はみな形而上の実在になるのだと思っているから、形而下の残留痕跡を拝むのは、実物でなく標識を拝む哀しい風習にすぎないと考えていた。だから葬儀の一切の場面で坊主は呼ばず、位牌に書く戒名は私が考えた。故人と面識もない坊主が少しばかり頭をひねった戒名に、数十万円を支払うのは愚かしく思われたのである。

葬式から一年が経過した今、私はまだ実家の片づけが終わっていない。高齢者マンションの部屋は一ヶ月で片づけ終わったが、ゴミ屋敷と化していた母の部屋は、小さなダンボールやビニール紐で厳重に縛った袋が石垣状に組み積まれており、片づけきるにはなお数ヶ月を要するみこみである。

ごくたまに一万円札やビール券など発見しながらのゴミ出しは、私には自分の頭のなかの片づけに重ねて考えられる。次はいよいよ自分の番かもしれない、などと余命いかほどであるかに思いはせると、自分はいまだに不完全燃焼のままだという焦りを禁じ得ない。走り書きに増やした観山物語（巻末の作者プロフィール参照）の各エピソードを自ら俯瞰して添削し、大円団の幻想説話に昇華させたい、という思いは叶うのだろうか。そのために伊豆の崖っぷちに山小屋を買い求める計画は空しく消えかけている。作品は人類全員のために、本の売り上げは子供たち孫たちに、などという高望みは夢のまた夢である。

いまの私が求めるべきは、まず自分の平穏なる生活である。この小冊子に並べた作品を読めば一目瞭然であろう。私はまだネガティブな貧乏根性によろよろしている。

「私・僕・俺」という仮設自己の改築に明け暮れていて、真実の自己を探り当てていない。観山物語改稿をなおも先送りしている所以である。私の場合（誰もが同じと思うが）真実の自己はカメレオンのように多様でとらえがたいのである。強くもあり弱くもあり、優しくもあり意地悪でもある。任意に一面を固定しようとすれば偽りの仮面となり、背伸びすれば転び、さりとて卑下すれば無力感に陥る。やっかいな状況である。私自身が落ちつかなければ、作品によって誰にも安心を及ぼすことはできないのだ。

母の出棺の折、私は喪主の挨拶として以下の文章を準備していた。ところが霊柩車に後続して各家族の車を走らせる準備として、駐車場に車をとりに行く者が多数あったために急に場があわただしくなり、結局この挨拶はできぬままに終わった。ここにあの日の私の気持ちとして記録させていただきたい。

心の花束

本日は皆様、お忙しいなか、遠いところ、お集まりいただきましてありがとうございます。いよいよ出発の時間となりましたが、ここで少しお時間をいただきまして、お話をさせていただきます。

こんな状況になってみますと、息子の私がトシ子さんのことを思いましても、やはり九十歳前後の年老いて弱った顔姿ばかりを思い浮かべがちになりますが、しかし心を掘り下げて探しますと、私が小さい頃、三人の子供たちを懸命に育てていた当時の、若い母親の顔姿がよみがえります。朝から晩まで子供たちに号令をかけ、家事のかたわらに内職にはげみ、家族のなかでは誰よりも早く起きて、そして誰よりも遅くまで用事をこなしていた、そういう姿が鮮明に浮かび出てまいります。

あるいはまた、ここにいらっしゃる孫という立場の方々にしてみれば、カチじいちゃんカチばあちゃん（注）という、まるで「日本昔話」に登場してくるような、ほのぼのとした老夫婦の、でこぼこコンビと言ったら失礼でしょうか、走りまわる孫たちにふりまわされて嬉しそうな、やさしくおっとりした顔姿を思い浮かべていただけるかもしれません。

さらにはまた、今日ここにいらっしゃる皆さんのどなたも見ていない、ご存知ない、トシ子さんの少女時代の姿。学校に向かう朝の道で、ふと目の前を横ぎる蝶に見とれて立ちどまる女の子。未来には太平洋戦争という大変な出来事が起こることも知らず、けれどもさらにその先には、又吉さんとの結婚というロマンスがあることも知らず、純真に元気に過ごしていたかわいらしい姿。誰も知らない遠い遠い昔のことではありますが、確かにトシ子さんの人生の一部分としてございました。

十歳のあの日も、五十歳のかの日も、九十二歳のこの日も、みんな貴重でかけがえがなく、等しく大切な人生の一ページなのだと思えます。

こんな話をいたしまして、何が本意かと申しますと、いま幕を閉じましたこのトシ子さんの人生というものは、〇歳から九十二歳に至るまで、本人にとってまさしく大河ドラマであったということです。トシ子さんはしっかり自分の物語の主人公を生ききり、役目をつとめ終えたということであります。

それは私たちひとりひとりも皆同じで、それぞれに自分の物語を懸命に生きているさなかでありまして、それぞれが自分の物語の主人公であり、かつまた助け合って互いに脇役をつとめ、より豊かに、より楽しく、より幸福になろうとしているのです。人間を生きるということは、そういうことなのだと思います。

いまここで皆さんにはトシ子さんという名脇役がいなくなり、お別れというのは悲しいことではありますが、悲しみは嫌がらずにすなおに受けとめてあげると、自分の生きる強さになってくれます。悲しみは人間をやさしく強くする。そういう意味で、このお別れは、トシ子さんからの私たち皆への、最後の贈物、目に見えない花束であろうと思われます。

ですから私たちのほうからも、ひとりひとりがその心のなかから、目に見えない形のないものではありますが、〇歳から九十二歳までをしっかり生きぬいたトシ子さんに対して、よく頑張ったね、という敢闘賞を、目に見えない心の花束をおくっていただけたらと思います。

そんなわけで、皆さんにこういうお願いを申し上げまして、今日の私の拙い挨拶とさせていただきます。よろしくお願いいたします。

（注）カチばあちゃんという呼称は、孫のひとりが金町のばあちゃんと言おうとして、舌がまわらなかったことにはじまる愛称。

著者プロフィール

一之瀬 和郎（いちのせ かずお）

1951年東京都葛飾区に生まれる。

都内私立高校卒業後、お茶の水にあった文化学院に学ぶ。同学の創作コースで出していた学内誌に詩や小説を発表したところ、『文学界』の同人誌評で林富士馬氏に好意的な評をいただき、同誌のほか『新潮』や『三田文学』などから次々に寄稿を誘われたが、いざそうなってみると、自分の内面に書くべきものの空しく皆無であることを痛感し、結局どこにも作品を発表できなかった。

(以降のブランク期の七転八倒が、じつは私の人間形成のなかみである)

2011年に60歳となって創作を再開し、今はもっぱら観山シリーズの短篇を電子書籍で発表している。

説話の詰合せ

2021年１月15日　初版第１刷発行

著　者　一之瀬 和郎
発行者　瓜谷 綱延
発行所　株式会社文芸社
〒160-0022　東京都新宿区新宿1－10－1
電話　03-5369-3060（代表）
03-5369-2299（販売）

印　刷　株式会社文芸社
製本所　株式会社MOTOMURA

ISBN978-4-286-22138-0